2022 年北欧理事会文学奖

《纽约客》2024 年最佳图书

《华盛顿邮报》2024 年度图书

2024 年美国国家图书奖翻译文学奖长名单

2025 年布克国际文学奖短名单

11·18
时间空间之谜

[丹]索尔薇·巴勒 著
屈书恒 译

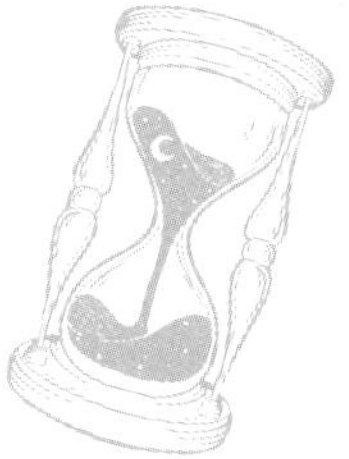

接力出版社
Publishing House

桂图登字：20—2023—150

图书在版编目（CIP）数据

时间空间之谜 /（丹）索尔薇·巴勒著 ; 屈书恒译. 南宁 : 接力出版社, 2025. 3. -- (11·18). -- ISBN 978-7-5448-8854-7

Ⅰ. I534.45

中国国家版本馆 CIP 数据核字第 2025AU1444 号

时间空间之谜
SHIJIAN KONGJIAN ZHI MI

责任编辑：陈楠　文字编辑：谢林军　装帧设计：崔欣晔
营销主理：贾毅奎　蔡欣芸　责任校对：阮萍
责任监印：刘宝琪　版权联络：王彦超
出版人：白冰　雷鸣
出版发行：接力出版社　社址：广西南宁市园湖南路9号　邮编：530022
电话：010-65546561（发行部）　传真：010-65545210（发行部）
网址：http://www.jielibj.com　电子邮箱：jieli@jielibook.com
经销：新华书店　印制：河北鹏润印刷有限公司
开本：880毫米×1250毫米　1/32　印张：6.75　字数：112千字
版次：2025年3月第1版　印次：2025年3月第1次印刷
定价：49.80元

目录

第121次

房间里有个人。

当他在楼上的房间活动时，当他下床或者下楼走向厨房时，我都能听到他的声音。当他用茶壶接水时，水管会发出嗡嗡的声响。当他把茶壶放在炉子上时，会有金属碰撞的声音，伴随着微弱而清脆的电器开关声——这是炉灶启动的声音，然后在水烧开前，会陷入一片寂静。当他把茶叶从纸质茶叶袋中一勺勺舀进茶壶时，我能听到茶叶与纸袋的沙沙摩擦声，然后就是水倒入茶壶的声音，你只能在厨房听到这种独特的声音。我知道他打开了冰箱，因为冰箱门碰到厨房桌角发出了响声。他在等茶泡好时，又会陷入一阵寂静，过一会儿我能听到他从橱柜中取出茶杯和茶托的声音。我听不到他往杯子里倒茶时的声音，但能听到他端着茶杯，从厨房穿过整个房子走向客厅的脚步声。他叫托马斯·塞尔特。我们这座两层石头房子坐落在法国北部克利希苏布瓦市[①]的城郊。我所在的房间位于房子里

---

① 位于法国东北部的一个小城市，距离巴黎不远。——本书脚注若无特别说明，均为编者注

侧，正对着花园和一个柴火堆，屋外空无一人。

今天是11月18日，我已经习惯了在脑海中分析这些声音，因为我太熟悉它们了，我习惯了灰蒙蒙的晨光与即将落入花园的雨水。我知道何时地板上会响起脚步声与门开关的声音，知道何时会听到托马斯从客厅走回厨房，把茶杯放在餐桌上的声音。很快我就能听到他在玄关的声音，他把外套从衣架上拿下来的声音，以及他弄掉了雨伞又把它捡起来的声音。

在托马斯出门，步入11月的雨帘后，屋内会陷入一片寂静。此时就只有我自己的声音与屋外微弱的雨声。屋内有铅笔与纸张发出的摩擦声，以及当我往后推椅子从桌旁起身时，椅子与地面摩擦发出的声响。我能听到我走在地板上的脚步声和打开通往过道的房门时，门把手发出的轻微而又清脆的声响。

在托马斯不在家的这段时间里，我经常在家里四处走动。我去洗手间，然后到厨房接水。不过很快我就回到房间，关上门坐在床上或者坐在房间角落的椅子上，这样如果有人从屋外花园旁路过朝我家看，就不会看到我。

当托马斯拿着两个薄塑料袋回到家后，屋内的声响就又恢复了。先是钥匙开门声与他的鞋在玄关地毯上蹭掉雨渍的声音，然后是他把采购的物品放在地上时，塑料袋发出的窸窣而清脆的声响，之后是他把折叠伞放在玄关椅子上的声音。不一会儿我就能听到他把外套挂在门旁衣架上的声音，之后便又是一阵清脆窸窣的塑料袋响声——他正在把塑料袋放在厨房的桌上，并把里面采购的物品一样样拿出来放好。他把奶酪放在冰箱里，将两盒西红柿放在橱柜里，并把一板巧克力放在餐桌上。当袋子里再没任何东西后，他会把塑料袋揉成一团，放在水槽下的柜子里，然后关上柜门。

在这一天接下来的时间里，我能听到他在楼上书房的声音：他的办公椅在地板上的摩擦声，打印机打印标签与信件的声音。我能听到他下楼和在客厅的声音：楼梯传来的脚步声，他的手或者胳膊擦过墙壁的声音，以及当他把包和信件放在玄关地上时，与木地板轻微碰撞发出的声音。当他再次上楼后，洗手间会传来声响，这是男人小便时，抽水马桶传来的特有的响声。

不久后我听到他又下楼去了玄关，随后去了客厅坐在窗边的扶手椅上，那个窗户正对着外面的道路。他读书，抑或看雨，打发时光。

他在等的人是我，我叫塔拉·塞尔特。我正坐在房子最内侧的一个面朝花园与柴火堆的房间里。今天是11月18日。每晚我在客卧的床上睡下时是11月18日，而每到第二天早上我醒来时，还是11月18日。如此循环往复了太久，我觉得自己已经不可能在醒来时看到11月19日了，并且我已经不记得11月17日发生了什么，尽管从理论上来说，17日仅仅是“昨天”。

我打开窗，扔出一些面包给将要聚集在花园的鸟儿。我知道在雨停的间隙，它们就会来到花园。最先来的会是乌鸫，它们会心无旁骛地啄着苹果树上仅存的几个苹果，或者品尝我刚刚投喂的面包。过一会儿后，一只知更鸟会飞来，然后到访的是一只北长尾山雀，接着是几只大山雀，不过它们很快就会被乌鸫赶走。不久后就又会开始下雨，乌鸫会继续再吃一会儿，等雨下大后，它们便会飞去树篱处避雨。

托马斯点起了客厅的炉火，他从花园里的小棚屋中拿来柴火，不一会儿我就感受到屋内变得暖和了起来。我听到了玄关和客厅传来的声音，但当托马斯坐下来读书时，此刻，我只能听到我的铅笔与纸张的摩擦声，以及在雨声中转瞬即逝的一小段低语声。

我数着日子，如果我没数错的话，今天已经是我连续经历的第121次11月18日了。我随着这些日子，随着家里的这些声音在时光中游走。当一切陷入沉寂后，我无所事事。我躺在床上休息或者读一本书，但不发出声响，或者只是发出轻微的响声——我呼吸着，起身在房间里小心翼翼地踱步，我感到是这些声音在推动着我移动。我坐在床上或者小心翼翼地把椅子从窗边的桌前拉出来，尽量不发出声响。

当到了半下午时，托马斯会在客厅播放音乐。我先是听到他在走廊和厨房的声音，听到他把茶壶放在燃气灶台上的声音，然后是他走回到客厅去打开音乐播放器开关的脚步声。此刻我知道，天很快会放晴，乌云渐渐消散，天空透出一缕阳光。

我通常在音乐响起时准备出门。我起身穿上外套和靴子。我在门边等待，不一会儿，音乐声会变大，这样我就能在出门时不被托马斯察觉到声响，因为客厅里的音乐声能覆盖我的开门声、脚步声与关门声。

我从朝着花园的门离开家。我会先背上包，小心翼翼地打开房间门，来到外面的玄关并关上门。门口的地上有三个中等大小的信件和四个棕色纸箱，上面写着我们名字的缩写：T.&T.塞尔特[①]。这代表我和他，也是我们公司的名字。我们购买古典书籍，特别是18世纪以来的插画作品。我们从拍卖行、私人收藏家或者各种书商那里购买这些藏品，然后把它们转卖出去，我们把这些书放在写有我俩名字缩写的棕色纸箱里，再寄到各地。我悄无声息地从地上的纸箱旁走过，打开门走出去。我不需要雨伞。虽然外面还下着点雨，但我知道很快雨就会完全停止。我并没有走通往大门的花园小路，而是沿着房子向左走，经过花园小棚屋来到花园一角，这是个视觉盲区，从屋内看不到这里。在经过一片韭葱[②]田和两垄瑞士甜菜[③]后，我从树篱豁口处走到外面。我回头看了一小会儿，看到烟囱上方盘旋着些许烟雾。我听到一阵十分轻微的音乐声，但很快便加快了脚步，不出几步我就听不到音乐声和雨声了。雨已经停了，音乐声也在我身后消散，能听到的只有我在步行道的脚步声、几辆汽车的声音和几个街区外的学校传来的

---

① 即 Thomas Selter 和 Tara Selter 的名字首字母。

② 俗称“洋大蒜”“扁叶葱”，原产瑞士。叶鞘称“葱白”，作为蔬菜食用。

③ 俗称“牛皮菜”“厚皮菜”，原产欧洲南部，嫩叶作蔬菜。紫红色的亦称“红甜菜”，在中国长江流域各地园林中广泛栽种。

孩子们的声音。

不久后，当托马斯看到雨停了，他便会关掉音乐。他穿上外套并拿起门口地上的那些信件和纸箱。15点24分，他会带着写有“T.&T.塞尔特”的信和纸箱离开家。时间此时已将我们隔开。我们都顺着小路进城然后回家，我们都在外面，在雨停时分走在街上，但我们没有沿着同一条路走。他完全没想过会在路上遇到我，并且实际上他也不会遇到我，因为我知道另一条路。当他回到家时，我已经再次坐在了面朝花园的房间里。

如果需要买些东西，我会去几条街以外的一家小超市采购。我会留出足够的时间并通常绕路到家的后面，然后从花园门进来，沿着花园小径进入房屋后门并上锁。家里一片寂静，托马斯还在外面没回来，并且此刻已经不再下雨。他正在进城的路上，并且我知道当他寄出包裹后，阳光会穿透云层，然后他会穿过森林并下坡来到河边。他会在傍晚时分，天又开始下雨时才回到家，因为家里没人等他，他也没什么着急的事要赶回来做。

当我回到家时，我通常会把采购的东西放在房间里，把外套挂在椅背上，脱下靴子然后走进厨房。厨房水池边放着个杯子，炉灶上的茶壶还带着余温。我能够顺着托马斯的足迹走遍整个家。我沿着楼梯上楼并进入书房。书房里堆着一摞书，桌上的纸张散落一片。书架上和地板上的盒子里也放着书，其中一个盒子是开着的，一看就知道是托马斯从这个盒子里翻找过东西。我来到书房旁边的卧室，托马斯起床后没有收拾被子，但是只有一侧的被子有动过的痕迹。

在托马斯回到家前，我有一个半小时在家独处的时间。我可以在这段时间洗个澡或者在洗手池洗些衣服，并从书架中选本书，在窗边找个单人沙发坐下来阅读。

如果我选择在客厅享受我的独处时光，我通常听音乐或者坐下来阅读，一直到天快黑的时候。但是今天，此刻，我正待在里面面朝花园与柴火堆的房间内。我听到了托马斯把他的外套从衣架上拿下来，并能听到他离开家的声音。我打开通往玄关的门，地板上的包裹已经不见了，然后我坐在窗边的桌旁。今天又是11月18日，我已经习惯了这种循环往复。

就在名义上的“前一天”——11月17日清早，我在家门口和托马斯道别。当时是早上7点45分，出租车正在家门前的路边等着我，然后我坐上了8点17分从克利希苏布瓦市出发的火车，前往波尔多①参加18世纪插画作品年度拍卖会。天空灰蒙蒙的，空气湿度很高，但没有下雨。

我先从克利希苏布瓦车站去往里尔弗朗德站②，然后在里尔欧洲站换乘高铁前往巴黎，再换乘前往波尔多的火车。我在接近下午2点时到达波尔多火车站，在车站前令人困惑的道路施工现场、路障、指路牌与关闭的人行道前驻足片刻后，我找到了前往会展中心的路，拍卖会将要在那里举办。我花了几分钟时间来到拍卖会，完成注册，并拿到一本宣传册和一个写着“第7届卢米埃尔沙龙”的牌子，牌子下方写着“T.& T. 塞尔特”。

我在古典插画书籍拍卖会开始前不久就来到了会场，拍卖会下午3点才开始。有一些其他主题的拍卖会已经开始举行了，我还在宣传册上看到，今年有一些演讲和专题研讨会，不过这些都不是我计划参加的。

---

① 法国西南部重要的工商业城市，也是这一地区的政治、经济、文化、交通和教育中心。

② 里尔弗朗德站位于法国北部城市里尔，是该市的两大火车站之一，与相邻的里尔欧洲站共同组建了法国北部最大的铁路交通枢纽，里尔弗朗德站距离里尔欧洲站大约300米。里尔弗朗德站以开行省际列车（TER）为主，里尔欧洲站则主要开行前往各地的高速列车（TGV和欧洲之星）。

我在会展中心内驻足片刻，在一扇扇紧闭的会议室门与一大片用过的会议咖啡杯前，再一次有些迷失方向，然后我找到了一系列指向拍卖会会场的标识与箭头，它们指向不远处的二手书大厅，里面有一排排常驻二手书摊位，上面摆着学术派古典插画书与其他书籍。我很清楚自己要在即将开始的拍卖会上为哪些作品出价竞标，并且我在大厅内逛了一圈后，我大致了解了其中最重要的作品。我向很多已经认识了很久的二手书书商打招呼，并在快到下午3点时在拍卖大厅内笔挺地坐了下来，不久后会场就挤满了人，他们从其他会展中拥了进来。

我成功在拍卖会上拍得十二件藏品，其中有五件我在之前已经询问过藏品的相关情况，还有七件我觉得我们可以以更合理的价格转卖。我们交易的书籍以中等价位的书为主，我们出售给各种各样的收藏家，他们中的绝大多数是欧洲收藏家，不过也有一部分是世界其他地区的客户。通常都由我负责去拍卖会或者古典书籍商户处采购，由托马斯负责登记并转运书籍。其实一开始这两部分工作是我俩一起完成的，不过后来我们逐渐形成了这样的分工。我也不完全清楚为什么负责走南闯北的是我，或许是因为我并不排斥差旅，也或许是因为我很快就形成了对书籍的某种独特品位、对纸张的感知力、判断印刷质量与装订质量的眼力。我也说不好这种能力究竟是什么，它就像与生俱来的生理感知力，就像毛毛虫知道该选择哪片叶子爬行的能力，抑或是鸟儿能听出昆虫在树皮内活动的声音的能力。触发我判断力的可能是一个个微小的细节：翻页时的声音、对字母的感觉、印刷深浅、插画色彩的饱和度、印版细节的精度、切割面的着色……我也说不清起决定性作用的因素到底是什么。尽管我通常知道自己对哪些作品感兴趣，但我往往需要手里实实在在地拿到书籍，才能明确判断出它们是否值得购买。

在拍卖会结束后，我来到二手书大厅，为已经挑好特意归拢在一起的一摞书付费，并又找到六本藏品，它们是我一直想找的，此外还有我之前并不知道的零星几本藏品。我通常会将其中最沉的以及最贵的几本书直接寄送到克利希苏布瓦市，不过也会将一部分书直接放在包里随身携带。这次我随身带着一本我并不熟悉的按照音调顺序排列的《鸟鸣袖珍百科全书》、第二版哈卡德创作的《动物解剖学》的参考书和博伊索所著的经典蜘蛛百科全书《蜘蛛图鉴》的精美复本[①]——我们的一个长期客户一直想购买《蜘蛛图鉴》，用来送给一位女性朋友，我们先前就已经答应帮这位客户寻找这本书了。

在11月17日傍晚时分，我踏上了前往巴黎的火车，并在临近午夜时抵达利松酒店，这是我们在巴黎经常下榻的酒店。酒店就坐落在阿尔马杰斯特大街的拐角处，有几个我们经常打交道的二手书书商在那里开店，我们的一位要好的朋友——菲利普·莫雷尔也在那里开了家古钱币商店。我接下来两天的计划除了要为公司采购书籍并拜访菲利普外，还要去考古学图书馆——“第18号图书馆”，它就在巴黎克利希广场[②]附近。我计划在之后的一天，也就是11月19日，在克利希广场约见一位名叫娜美·夏莱的图书馆研究员。这位研究员对刻画技术在18世纪的创新突破有着独到见解，以前并没有学者关注到这一点。她在雕刻师工具演变与艺术创作方法领域的最新发现能让人准确辨别出18世纪末期以来的插画作品，并能进一步判断出插画创作年份与书籍出版年份之间的差异。

---

① 收藏的同一种书刊不止一部或文件不止一份时，第一部或第一份以外的称为复本。

② 位于巴黎市区西北部。

我到酒店后就给托马斯打了个电话。打电话的时间并不长，我聊了聊白天的经历与发现，并问了他需不需要在我第二天的购书清单里加点什么。他想到了几本他认为值得搜寻入手的作品，并在白天让两位在巴黎雷纳特街的同行预留了几本书，这条街就在阿尔马杰斯特大街旁边，他让我过去好好看看这几本书，如果书的实际状况不错，就买下来。我把这些书名写在了我的购书清单里，并答应他明天好好看看。我记得我们好像还聊了点拍卖会的事和11月的天气，然后便互道了两三遍晚安结束了谈话。

当我和托马斯分开时，我们会尽量避免煲电话粥，这是因为一聊久了就会说到太多关于书籍状况、出版年限、插画与入手价格等等的细节琐事，这类对话会把我们之间的距离拉得越来越远，然后我们便会将谈话从这些乏味的事情中抽离出来，不知不觉切换到声音的衔接，这是一种温柔的低语。我们之间的交流，就会从之前的一种现实而头头是道的状态，变成松弛而漫无目的的沟通，这种沟通不带任何完整的句子与信息，只有短小的词句和轻微的声音，按理说这明明应该足够维持我们之间的心灵沟通，但事实上让我们清楚地认识到我们之间的距离反而变远了。逐渐地，我们学会了分工，只聊实际的事情并控制谈话的时长。

关于我们当天谈话的很多细节，我已经不记得了，但是托马斯能清楚地记得，毕竟对他而言11月17日真的仅仅是前一天。他告诉我，我当时对自己白天的发现十分兴奋，并且我在考虑是否要把我们T.&T.塞尔特的业务拓展到科学画报与图册。我们当天聊的现实话题大多围绕着我的这一提议，特别谈到了邮寄书籍这一块，毕竟这是托马斯的任务。我认为，这是个十分值得考虑的方向，但托马斯对此有些犹豫。

我不记得其他的谈话内容了，但我记得，挂电话不久，我就在酒店洗了个澡，然后坐在床上看了眼购书清单。我还记得，旅途后的我有些疲惫，在手机上设置了闹钟后便倒头睡了。

我到现在仍然不确定把T.&T.塞尔特的业务拓展到科学画报与图册是否称得上是个好主意，但我知道对这类问题的思考在当下的局面中已经没有意义了。我还知道托马斯在好长时间以前就已经在邮局寄出了包裹，并且已经下到了河边，经过了那个老式的水力风车，穿过了森林并很快就要到家了。

我密切关注着雨云。这片雨云在告诉我时间的变化与流逝。天空的光线消失，天色变为深灰色，此时如果我正坐在客厅，变暗的光线会让我无法阅读，我会准备抽身回到客卧。我会再坐一小会儿，听着雨声，当雨声逐渐加大，我就知道，托马斯马上就要到家了。我从窗边的单人沙发起身，进入厨房，在水槽边冲洗杯子，然后仔细地用擦碗布擦干它，将它在橱柜里放好后走出厨房，我如往常一样在离开客厅前开启了取暖设备。炉火里的残木已经被冷落了太久没有用，当托马斯到家时，他如落汤鸡一般浑身湿透。

但是今天我并没有坐在客厅，而是坐在客卧的桌旁。此刻雨云又一次聚拢在一起。我看着屋外的花园与苹果树，有几个苹果掉落在草地上，当我坐在这里时，一阵阵晚秋的风吹落了树上几乎所有的叶子，不过很快这棵苹果树就会被秋雨再次淋湿。我仍然能看到鸟儿，看到它们在窗外微弱的光线中活动。鸟儿能感知到马上要下雨了，但此刻它们还没有飞去树篱处躲避。

在我等待托马斯从外面回来时，天色慢慢变暗，我手边纸张上的字母逐渐变得难以辨认。我关上了通往过道的门，并离开了窗边。以前这些天我通常坐在床上等托马斯回到家，并且我知道会先看到一个身影，接着是另一个身影从花园尽头的道路上走过。第一个身影是我们的邻居，第二个身影便是在雨中穿行回家的托马斯。这也是我唯一有机会看到他的时刻——看到他湿漉漉的身影出现在树篱旁。在这一天的其他时间，对我而言，他的存在只体现在从家里各个房间发出的声音中。

当托马斯再次化身为从各房间传来的声音后，我打开了房间内的灯。在此之前我听到了他从花园小径传来的脚步声、钥匙开锁的声音、门开了又关上的声音。我又一次听到他在垫子上蹭掉鞋子上雨渍的声音，并听到了他打开前厅灯时发出的微弱的电源开关声。我能看到光亮从房间门缝里透进来，然后我打开了桌上的灯。灯光照亮了整个房间并透过了地板上方的门缝，但在前厅看不到透出的光亮，因为这道光线和外面的光线融为一体，难以察觉。

我坐回到窗边的桌子旁，很快便再次听到托马斯从楼梯和走廊传来的脚步声，听到他从厨房与前厅传来的声音。我听到他打开了通往外面道路的门走了出去，他去花园里拔了根韭葱并从花园棚中摘了几个洋葱。我能听到他拖动着门边的一双橡胶靴，并听到他沿着房子传来的脚步声，不过接下来就听不到其他声音了，直到他带着蔬菜回到家里。我能听到他在切蔬菜做汤，能听到炉灶上的汤锅发出的声音。当汤煮好时，我听到椅子和厨房地板摩擦的声音。不久后我能听到托马斯在厨房水槽旁冲洗盘子时水管发出的声音，并听到他把盘子放回到橱柜中，然后走到客厅。他在阅读乔斯林·米隆的《明晰调查》中度过了晚间时光，时间接近午夜12点，他关上前厅的灯，走到楼上，但这并不是故事的全部，因为夜晚才刚刚开始。托马斯正在楼上的卧室里换衣服，而我正在回忆着11月汹涌而来的一天又一天，它们开始在我的回忆中汇聚堆积。有121个11月18日需要我记住，如果我能把它们都记住的话。

起初，11月18日并不是什么特别的日子。大约早上7点30分，我在酒店房间醒来并在半小时后来到楼下吃早餐。在这一天里，我去了阿尔马杰斯特大街附近的好几家古旧书店，并在途中沿路南下来到位于街道31号的菲利普·莫雷尔的商店。一个我以前没见过的菲利普的新助手告诉我，菲利普会在傍晚时分才回到店里，我说我会在下午5点左右再来。我去了好几家巴黎城里的我们经常去的书店，并找到了好多件我要找的作品。我去了位于雷纳特街的一家书店，赏鉴《饮用水历史》的复本，托马斯已经为这本书找到了买主，一位顾客已经问过好几次了。这是个十分精美的复本，我立刻买下了它并把它放进包里，准备第二天带回家，然后托马斯便能把它从克利希苏布瓦市寄给那位迫不及待的客户。在这家书店，我还找到了几本其他的作品，我把它们买下来后让商家直接寄到家。在另一家书店，我入手了桑顿的《天体》复本，书的品相不错，这个版本用了两套印版，而这种同时使用两套印版的情形只在这一版本中独有，这个版本的《天体》在1767年印刷了两次，但每次的印量都很少。

在快到下午5点时，我再次走下一系列台阶来到菲利普·莫雷尔的商店，距离我上次见到菲利普已经有一段时间了，大概半年吧，也许更久。这次我们在店里最前面区域的一张巨大写字桌旁坐着聊了很久，其间他偶尔照顾店里的客人或去接听电话。我跟他讲了我在克利希苏布瓦的房子，他还从没去过，尽管我们已经搬过去好几年了。我聊着自己的爱情故事、花园里的苹果树，聊着韭葱和瑞士甜菜。我讲到了秋季的洪水，家附近的那条河漫过河岸，聊到我和托马斯经营的能维持我们生计的生意、市场对18世纪插画作品日益增长的需求、波尔多的拍卖会和我的最新发现。菲利普跟我讲了他在阿尔马杰斯特大街的生活，讲到他新交往的女朋友玛丽——我在这天早些时候在菲利普的店里碰到过她，菲利普还提到秋天发生的政治骚动以及他在生意中同样感受到市场对过往稀有物件的巨大需求。

托马斯主要出售罗马帝国[1]时期的硬币，当他在年轻的时候决意开这家店时，身边的绝大多数朋友都觉得这份事业就是个笑话，但在最近这几年，事实证明这是个收益颇丰的买卖。他带着不可思议的口吻讲述着，他如何多次被邀请到自己其中一个老主顾家里吃晚餐，然后突然就被一大群对古硬币感兴趣的人团团围住，这些人不光是年老的绅士，还有年轻男女，他们想听关于古罗马帝国时期的钱币法律、古代铸币技术的细节，或是多少有些令人生疑的白俄罗斯硬币考古案[2]。他谈论着组织晚宴的主人突然就带着客人们穿过他那巨大的巴黎公寓，向客人展示他的硬币收藏。这并没有让客人感到意外，他们也并没有因主人独特的收藏爱好感到尴尬，相反，这拨客人都变得极其兴

---

① 通常指公元前 27 年—公元 476 年这一历史阶段的古罗马国家，公元 395 年后分裂为西罗马帝国（395 年—476 年）和东罗马帝国（395 年—1453 年，也叫拜占庭帝国）。

② 考古学家曾在白俄罗斯发现大量古罗马硬币，但白俄罗斯并不在古罗马帝国的疆域内，他们认为这些硬币是公元一世纪由日耳曼人伪造的假币。

奋，他们用专业的放大镜小心翼翼地端详着藏主最新的收获。菲利普承认，他实在没料到自己多年来对古硬币的热衷在此刻竟然迎合了大众的喜好，很显然，这些小巧的来自遥远过往的金属钱币已经成为新兴收藏热的宠儿，虽然还说不上是社会浪潮，但至少热度是逐渐升温的，这点他在自己的生意中能很清楚地体会到。

关于社会对古代贵重物品的需求，我们思考了片刻，然后我给菲利普展示我今天入手的《饮用水历史》复本。我们聊了聊那位买家对于购买这本书的热情，并疑惑着为什么要买像这样的一本书，谁会买一本两百多年前关于饮用水历史的书呢？也许是某位收藏家，但是他的收藏方向具体是什么，这些书应该包含什么样的内容？我们不得而知。除了他的姓名、地址和几周前他第三次打电话询问这本书时，电话里传来的他的说话声以外，我对这位买家一无所知。我猜测他是个中年男人，并且记得他之前还从我们这儿买过两三本书，但记不清是哪几本了。

我仍然记得当我们谈论着对古代收藏品逐渐高涨的社会兴趣时，我们的语气中带着些许讽刺与疏离。尽管我们自己切身得益于这阵怀旧风与历史热，抑或是用什么别的名词来定义这种潮流——我俩都对这波逐渐升温的潮流感到些许困惑。我几乎觉得，我们有必要为我们这种曾经小众的兴趣道歉，很显然我们正在向越来越多的人推广它，而且我们已经把它变成了我们的谋生手段。它成为我们的职业，而不是业余消遣或者时代潮流的昙花一现。我们建立了我们的公司——“T.&T.塞尔特”与“莫雷尔钱币店”，并从中获得生活来源，这意味着相比于我们的顾客，我们与这些古代怀旧品之间还多了一层更现实的联系。

幸运的是，菲利普的女朋友玛丽在我们聊到一半时加入了我们的谈话。菲利普介绍我俩彼此认识，我们进一步讨论了刚刚我和菲利普谈话中聊到的一些话题，并聊到了我们在当天早些时候就在店里碰到过。过了一小会儿，玛丽搬来一把椅子坐在了柜台前，与此同时菲利普去往附近的商店买吃的和几瓶葡萄酒。

在每年11月的这个时节，夜晚开始变得寒冷。早上下过一点儿雨，其他时间都是多云，偶见太阳。此刻坐在店里已经十分凉了。店的后方是菲利普的小厨房，在他开店最开始的几年里，他就住在里面，到现在里面还放着一个旧的燃气取暖器，玛丽和我决定试着打开这个电器。玛丽擦去表面的一层灰尘，然后我们一起操纵燃气取暖器旁边一个巨大的蓝色燃气罐，把它安装到位，最后我们把沉沉的取暖器推到店里的柜台旁。我们在厨房的抽屉里发现了一盒火柴，用它点燃了燃气加热器。当菲利普回来时，店里已经变得暖和了。我们在柜台旁坐下来，吃饭、喝酒、聊天，一聊就是几个小时。

我对这一晚记忆最深刻的就是我坐在菲利普与玛丽之间感受到的喜悦。我能强烈地感受到他俩之间的亲密氛围，这并不是那种把其他人排斥在外的仅属于两人间的亲昵，不是那种热恋情侣时时刻刻通过眼神与身体接触如胶似漆般黏在一起的感觉，也不是那种脆弱的、让外人觉得自己闯入了二人世界并想要马上逃离的新鲜而不牢靠的小情侣氛围。在菲利普和玛丽之间的，是一种平静的氛围，这让我想起来五年前，我刚遇到托马斯时的场景。这是一种难以言喻的一拍即合的默契，我们会惊讶于世界上居然真的有这样一个人存在——这个人使一切变得轻松而简单——这种感觉把人带入既平静又悸动的矛盾的氛围中。很显然，菲利普和玛丽打算共度余生，这种感觉是如此简单，在此刻无需有任何别的打算，只需随遇而安地迎接未来的洗礼。在这样的氛围中，我的拜访十分自然而和谐，我是他们二人生活的调节剂，我既是他们的同行也是他们的女性好友，还是菲利普儿时玩伴的妻子。我不是他们之间的障碍，既不是他们的利益方也不是他们的麻烦，既不是对手也不是助手，既不是买家也不是卖家，而仅仅是他们共同生活的自然而然的见证者。

那晚谈话的细节我已经记不清了，但我对当时的氛围记忆犹新。我记得自己有那么一刻坐在屋内宽大的老式橡木桌的一角，我们就坐在这张桌子旁边，它是店内的柜台。我记得橡木的纹路和上面透明盒子里陈列的些许硬币，当时我们摆放盘子和酒杯时把这些硬币挪到了一边。我还记得屋内的温暖与我和取暖器之间的小插曲。当时我们已经吃完饭，我把椅子往后挪了挪，但突然感到难以忍受的炙烤，于是我立刻起身把燃气取暖器挪到了远一点儿的地方。我记得，菲利普把我们晚餐用过的盘子归拢到一起，然后走到屋后方的小厨房拿开瓶器又开了一瓶葡萄酒，我记得那会儿我刚好说到取暖器太热了，我想把它挪远一点儿。玛丽也起身想要帮我，但我当时已经把一只手放在燃气取暖器最上方的边缘处，并已经用力把它推远了点儿。

自然，当时取暖器处在过热状态，我的手接触的金属边缘像火一样烫，当我推动沉重的取暖器到外侧的那一刻，我的手突然感受到一阵剧烈而钻心的灼痛。我不由得高声叫了起来，好像还说了句脏话。当我站着发呆，因痛感到麻木时，玛丽走过来帮我把取暖器推远。此时，正在小厨房里放盘子的菲利普立刻端来一大碗冷水，我把手浸泡在里面，就这样把手泡在冷水里度过了接下来的夜晚，然而，这并没有使我手上的灼痛感消失，这是当晚发生的唯一一件意外事件。

在接近23点时，我回到了酒店，不久后给托马斯打了电话。他正沉浸在乔斯林·米隆的书中，听起来他并没有预料到会接到我的电话。我不确定自己是否打扰到了他的阅读，抑或是他喜欢这种打扰。但我记得他向我介绍了书中的主要情节，并绘声绘色地描述了米隆笔下各式各样的奇思妙想。我还记得我们讨论了这本书中有些古怪的副标题——“灵感工程的兴衰”，然后我跟他讲述了拜访菲利普·莫雷尔的经历，讲到了他的女朋友和他们之间显而易见的爱情，市场对罗马帝国古硬币日益增长的需求，以及我在菲利普店里因加热取暖器导致的意外事件。托马斯说到这一整天绝大多数时候都在下雨，只是下午的几个小时雨停了一会儿，他先是带着信件和包裹去了趟邮局，当天气开始放晴时，他决定穿过森林，沿着河岸散步。他先来到老式水力风车那里，本以为雨天已经过去，但就在回去的路上遇上了倾盆大雨，把他浇成了落汤鸡。我记得，我们谈到河边洪水泛滥的风险。托马斯说，根据水位判断，如果未来几天的天气预报靠谱的话，这次的洪水风险应该已经告一段落了。我无法回忆起我们谈话的全部细节，但我很确定，我跟托马斯说了当天的新发现，说到藏品的价格与寄送，我还记得我说了自己接下来一天的计划——19日我要去“第18号图书馆”见娜美·夏莱。

就在我们打电话的过程中，我好几次都抱怨着由手部灼伤带来的持续不断的疼痛感，然后我们因我的粗心大意笑了起来，这已经不是第一次发生这样的事了，我特别容易受伤，用托马斯的话说，我总是大大咧咧的，看不到一个小举动可能引发的后果。托马斯建议我拿些冰块冷敷患处，然后我们又用熟悉而毫无意义的低语声交流着。我记得我们中间的一个人意识到我们又开始用那种习以为常的声音沟通了，这种呢喃声让我们之间的距离变得清晰。我还记得我答应托马斯立刻下楼到酒店前台取些冰块，之后便互相道了好几次晚安挂断了电话。这是在时间断裂前，我最后一次和托马斯说话。

我在床上躺了一阵没睡着，大概半个小时，也许更久一些。在躺下前，我拿了一袋冰块，把冰敷在烫伤处，并用毛巾包住我的手。灼痛与冰冻感使我难以入睡，我躺在床上翻来覆去，痛感在身体里翻来覆去，但逐渐地，一阵凉意与睡意或者其他某种力量使痛感慢慢消退。当我睡去时，手上搭着一条浸着融化冰水的毛巾，房间里的写字台上放着一小摞书：几本研究鸟叫的书，一本蜘蛛的图鉴，一本关于天体的书，一本写饮用水历史的书，还有一本动物解剖学参考书。床边的椅子上放着我的手机，我已经在手机里设定了明天早上7点30分的闹钟。椅背上搭着一条连衣裙、一件毛衣和一双连裤袜。地上有一双短靴和一个大的双肩背包，双肩背包里面装着另外一条裙子，还有袜子、内衣、钱包、一串钥匙、几乎空了的水瓶和一把折叠伞。

此刻，我的包同样在地上，书同样放在卧室床边的桌子上，而我已不再身处酒店，而是在我们克利希苏布瓦市的家中，在面朝花园的房间里。此时的时间仍是晚间，仍是11月18日。此刻，托马斯正坐在客厅里看书，不久后他就会关上一楼的灯并检查门是否锁好，然后他会走上楼梯。当他明天醒来时，他生命中的11月18日很快便会被抛诸脑后。

这已经是我第121次重复经历11月18日了，但我手上的烫伤处仍留着一道窄窄的伤疤。它先是发展成一条凸起的烫伤印记，然后开始有液体渗出，之后慢慢变成一道棕色长条状的烫伤结痂。没多久，结痂逐渐松动、脱落，留下一道光滑而刺眼的红色印记，这道印记在之后的一天天里以极其缓慢的速度变浅。我已经感觉不到它的存在，在片刻后，当我关上灯时，它悄无声息地消失了。

第122次

我能从声音中听出来，这还是熟悉的同一天。我又一次在客卧中醒来，托马斯又一次开启了他的清早流程，管道发出嗡嗡声，然后是灶台与冰箱发出的声音。不一会儿，托马斯走出门，又很快拿着塑料袋回到家。在他出去的时候，我会去楼下的厨房拿一包软烤饼或薄脆饼干，或者其他任何能吃的东西，因为房间里的吃的所剩无几。

我能听到托马斯在为应对11月的雨做准备。我先听到一声微弱的叮当声，这是他掏钥匙的声音，然后是一阵轻柔的声音，这是当他把外套从衣架上拿下来时，大衣布料与玄关墙纸摩擦发出的声音。

我数了数日子，这是我连续经历的第122次11月18日，此刻的我离11月17日已经是那么遥远，我真的不知道自己是否还能在有生之年见到11月19日。11月18日就这样在我人生的时间轴上一遍又一遍地来到，它的每次到来都伴随着满屋子的声音，伴随着一个人发出的声音。他在房子各处走来走去，现在他已经出去了。

这是我开始写作的原因。因为我能听到他在房子里的声音，因为时间已经断裂，因为我在书架上发现了一沓纸，因为我试着记住这一切，因为纸张会记录下这一切，也许落在纸上的词句会起到一些治愈效果。

我在窗边笔挺地坐了下来，桌上有一小沓纸，上面写着：房子里有一个人，我能听到他在屋里走来走去发出的各种声响。我写下了，他在等待，他等的人就是我。我写下了，时间已经断裂，我已经习惯了各种各样的心理活动。我写下了，我开始习惯各种各样的想法与心理活动。写下了词句之后有一些治愈效果，或许吧。

但这一天仍是重复的一天。不一会儿，当我在厨房里拿了点儿吃的，当我去厕所刷了牙，当我关上门再次坐在房间里时，我便会再次听到托马斯带着采购的物品回家的声音，我会再次听到他把东西从塑料袋里拿出来并把它们归位放好的声音，我会再次听到冰箱门打开并撞上厨房桌子的声音，我会再次听到他在楼上书房传来的声音、在厨房的声音与在玄关的声音。我会再次听到手或袖子摩擦楼梯旁墙壁发出的声音，还有当他把信件和包裹放在玄关时，地板发出的微小的乒的一声。

我在早饭时分就发现了这一切。当时是快到早上8点30分，我在利松酒店的房间里醒来，身边放着一条湿毛巾，手上的灼伤已经不像昨天晚上那么疼了。我快速地洗了个澡并来到楼下吃早餐。我点了咖啡，从自助早餐吧台拿了吃的，并拿了张报纸到桌旁。但当我浏览头条时，我发现这是我前一天读过的报纸。于是我走到酒店前台，找他们要最新一天的报纸，得到的回答是，我手里拿着的就是今天的报纸，他们告诉我，今天是11月18日，前一天的报纸是11月17日的。虽然我知道我是对的，可我也懒得和他们掰扯这种细枝末节的事情，于是我找到另一个报社发行的昨天的报纸，走回到桌边，喝掉了剩下的咖啡。

直到酒店的一位客人不小心把一块面包掉在地上时，我才开始感到害怕。原因并不在于我孤陋寡闻，不知道世界各地的酒店每天都在上演这一幕，而在于一天前，正是这个人，他就在酒店的这间餐厅里，在一模一样的地方掉下过一块面包。这面包是一块白面包，和他前一天掉下的那块大小一模一样，并且就连掉落的速度也和昨天一模一样，下落的时候略带摇摆，且它下落的缓慢程度足以表明这是一块非常轻的面包。这个人的反应也和昨天一模一样，一样迟疑——当他弯腰去捡面包时，很明显在犹豫该如何处理从地板上捡起来的这块面包。显然，他在两套规则之间左右摇摆：一套规则要求不能浪费粮食，而另一套餐桌礼仪要求不能吃从各式餐盘、面包篮与碗碟中掉出的食物。此刻，我看到了这个人与一天前一模一样，一样地小心权衡着——在快速扫视餐厅四周后，他决定把面包扔进垃圾桶并拿了个牛角面包。

当我再次看到这个人犹豫的举动的那一刻，我意识到了自己处在重复的场景。我当时意识到出问题了，但当时的我还不知道，再过一天又会是同样的11月18日，并且之后的每一天，会不断循环一个又一个11月18日。

我立刻走到酒店外找最近的报刊亭，查看报纸上的日期，然后去了自助取款机从我的信用卡里取钱，之后又马上去了两家不同的酒店，看前台标记的日期。我之所以这么做，并不是因为我真的不确定，而只是因为我必须做点什么来应对我的困惑与疑虑。无论是报纸上的日期、取款机打印的收据，还是酒店前台显示的日期，它们都无一例外地证实了，今天是11月18日。天气也和前一天一模一样，当我吃完早餐时，天空开始下雨，但现在雨云已经散去，我沿着湿漉漉的街道走着，看到有一些商铺开始营业了。这会是凉爽的一天，多云，时而能看到一点儿太阳。

回到酒店后我给托马斯打了电话，假装自己忘记了几点和娜美约在克利希广场的“第18号图书馆”见面。然后我得到证实，对托马斯而言，今天也是11月18日，因为他跟我说，我与娜美的约见是在19日，也就是明天上午11点。很显然，今天对托马斯来说是他今年经历的第一个也是唯一一个11月18日，是个刚刚开始的几乎全新的一天。今天是11月17日的后一天，是11月19日的前一天，也就是我计划回家的前一天。

没聊多久，我们这段简短的谈话就揭示了我在前一天晚上告诉他的前一天的见闻在他的世界中荡然无存了，并且他也完全不记得自己先前在11月雨天中的经历。他并不记得自己带着信件和包裹去过邮局，也不记得到过河岸边，被暴雨淋成了落汤鸡。我们在前一天18日晚上电话里聊过的一切在他的记忆中都消失了，他完全不记得我在前一天拜访菲利普·莫雷尔的事，不知道玛丽是谁，什么燃气取暖器、烫伤与冰块，统统不存在于他的记忆中。他的记忆中也没有任何关于《饮用水历史》与《天体》的信息，也完全不记得他跟我聊过乔斯林·米隆书中的精妙之处。他记得的只有我们再往前推一个晚上的谈话，11月17日的事情。

片刻后，我坐在酒店房间凌乱的床上，背靠着墙，手机放在旁边。我刚才已经在电话里仔仔细细地问过了，我并不想让他感到不安，但我只是想知道，是不是只有我遇到这种情况。事实证明真的只有我。托马斯从没有经历过11月18日。

也许过了一刻钟，也许过了半小时，我把目光聚焦在房间里的书本上。桌上还是有一小摞书，但数量变少了。18日的书不见了。桌上有我17日买的书——《蜘蛛图鉴》的精美复本、《动物解剖学》参考书和《鸟鸣袖珍百科全书》，但《饮用水历史》和《天体》已经消失了。

半小时后，我来到之前去过的那两家古旧书店，我之前在那里买过这两本书。其中一家店还没开门，但当我几分钟后推开另一家店的门时，首先映入眼帘的便是那本桑顿的《天体》，它就摆在柜台后面的书架上，前一天店主明明就从那里把书取来给了我。我之前在拍卖会和位于雷纳特街的这家店里与这个店主见过好几次面，很显然，她完全不记得我在前一天来过她的店，也不记得她把书卖给我的事。我再次从她手里买下了这本书，并请她原谅我的匆忙，然后回到另一家古旧书店。我再去时这家店已经开门了，我问店主是否有托马斯请他预留下来的《饮用水历史》的复本，他马上找出了那本书，并询问起托马斯。看得出，他觉得自己在前一天和托马斯刚交谈过。从他口中说出的是“昨天”。然后他提到了另外三本书，我前一天来时，他也向我推荐了同样的这三本书，我明明已经在前一天看过并买下了这些书，并让店主直接把它们寄到克利希苏布瓦的家里。这次我并没有买下这三本书，但我买下了《饮用水历史》，并把它放进包里，放在桑顿的《天体》旁边，然后回到了酒店。

在回去的路上我去了菲利普的店，他店里的助手——我现在已经知道那是玛丽——告诉我菲利普刚刚出去了，他在傍晚时分才会回来。她完全没有表现出认识我的迹象，我也不想坚持说我们昨天刚刚见面聊了那么多。

我在柜台看到一枚古罗马硬币，菲利普在前一天晚上向我展示过它。它摆在一个透明的盒子里，在另两枚硬币旁边。这是一枚铜币，正面刻着皇帝安东尼·庇护[①]的头像，背面精细地刻着女神阿诺娜[②]。她站立着，一只手拿着两根玉米穗，另一只手拿着粮食容量器。玛丽拿着放大镜向我展示了细节，并解释道，这个粮食容量器，在她看来是一个莫迪乌斯[③]，表明这枚硬币上的女神是阿诺娜。阿诺娜是古罗马粮食供应之神，粮食对古罗马皇帝稳固自己在罗马帝国的权力起到至关重要的作用，玛丽说。和其他古罗马皇帝一样，安东尼·庇护曾需要进口大量粮食以避免国家动荡，而阿诺娜一直是一位重要的女神，玛丽犹豫了一下，然后补充道。她说的这些我肯定已经知道了。我点点头，有那么一刻我感到一种熟悉的感觉，或许她认出我了。但我知道这是不可能的，这只是我希望的罢了。

我买下了这枚硬币并请玛丽把它按包礼物的方式包起来。玛丽把硬币放进一个灰蓝色的盒子里，并用纸将盒

① 罗马帝国皇帝，“五贤帝”中的第四位，在他统治时期帝国达到全盛顶峰。因此，五贤帝的统治时期也因他的名字被称为“安东尼王朝”。

② 罗马神话中的女神，保佑罗马的粮食供应，她的形象经常被描绘为手持玉米穗、丰饶角或莫迪乌斯的女子。

③ 古罗马时期的量具，是一种玉米的度量衡或天平，象征着玉米的公平分配。

子包起来，我利用这个时间在店的四周走动。在店的最前方放置着一个大的写字桌，昨天晚上我们就坐在这张桌子旁，玛丽现在正在这张桌子上包装着我刚买下来的古罗马硬币。桌子后面的墙边摆着一长溜抽屉和柜子，里面摆满了各种硬币。在这些抽屉与柜子旁边的房间，靠墙摆放着一个玻璃展示柜，菲利普在里面陈列了他精心收藏的一系列硬币。我走进房间，为了避免太引人注目，我贴着房间的左侧，缓慢地沿着墙边的柜子走着。这些硬币按时间顺序陈列着。在第一个柜子中展示的是罗马帝国以前的一系列硬币，主要是希腊硬币，还有一小部分印度硬币与中国铜钱。菲利普曾经计划加大对这个时期硬币的收藏，不过到目前为止，它们仍然只占据了罗马帝国硬币收藏室的一角。在一扇可以望到外面大街的长窗下面，放着一个低矮的书架，里面有目录册与各式书籍。在另两面墙的旁边，还有一些柜子，里面摆着按不同时期与硬币形状分类的古罗马硬币。我走到这些装着古罗马帝国硬币的柜子旁，端详着菲利普清晰的排列，原本复杂历史中的各位罗马皇帝被以一种简洁直观的时间顺序排列起来，硬币上的一系列面孔，被菲利普轻而易举地一个接着一个地排在一起，使历史的长河自然流淌。我对沿着柜子的这段路并不陌生，因为我之前按照这个顺序参观过很多次。这些古罗马皇帝与皇后，在各朝代出现的各种神灵，还有那些他们身上能让人辨别出他们身份的各种小巧符号与物件，都给了我一种安全感，使我能有时间静下心来思考发生的这一切。

这段参观之旅的最后一个柜子里放着西罗马帝国灭亡前后的硬币和一小部分东罗马帝国硬币，然后我走进一扇通往店面后边的门。墙的一侧放着厨房桌、冰箱和水槽，另一侧放着一个组合柜，柜子旁边放着几个盒子，昨天那个燃气取暖器就在这些盒子后面。

过了一小会儿，趁玛丽接听电话的当口儿，我迅速走进店后面的小厨房，果然在小厨房的最后面，那个蓝色的煤气罐和燃气取暖器就被塞在墙角处，上面覆盖着一层积蓄已久、未经触碰的灰尘。

此刻我受伤的印记仍然有点儿痛，但我已经对这种痛习以为常了，只有在手撞到东西或者做大幅度动作时，才会再次意识到它。只要我的手保持不动，这种痛就像我神经系统里一阵微弱的背景音，没什么大不了的，只是一个小伤，一个烫伤——它源起于这个从去年冬天到现在一直没用过的、满是灰尘的燃气取暖器。

我赶忙回到玛丽身边，为刚买下的古罗马硬币付了钱，然后离开了商店。这个硬币是给托马斯的。我不知道自己是应该立刻回到他身边还是留在这里。按照原有的计划，我现在本应该在前往“第18号图书馆”的路上，但这一切的前提是经过之前的一夜后，现在是11月19日。很显然，19日并没有到来。于是我走进一家药店，买了一盒烫伤贴和一管杀菌膏。

回到酒店后，我把刚从药店买的药盒拆开，拿出一片很大的长方形烫伤贴把它敷在烫伤处，烫伤处有点儿发肿，颜色呈红色。然后我给托马斯打了电话，告诉他我所经历的时间断裂，并告诉他只有我一个人遇到了这种事，其他人都没有。我向他承认这才是我几个小时前给他打电话的真正原因。我并不想让他卷进这种混乱中，但现在除了向他求助外，我找不到任何其他解决这个问题的办法。在接下来的几分钟里，我向他事无巨细地描述了11月18日发生的各种事件与无数细节，其中有很多细微处在一百多天后已经在我的记忆里模糊不清了。我告诉了他我去各个古旧书店的经历，跟他说了我今天再一次买的书，刚刚拜访玛丽的事，以及在店后面小厨房里的那个满是灰尘的燃气取暖器。我并没有跟他说我给他买的那枚古罗马硬币，不过我觉得我已经在长长的独白中，告诉了他我连续经历的第1个与第2个11月18日里发生的绝大多数事件，托马斯在听的时候几乎没有打断我或者提出问题。

在这段谈话中，我至今记忆犹新的是，当我提到我们前一天晚上的谈话时，我们之间突然出现的不平衡。托马斯开始问问题，声音里带着不安，因为他知道，虽然理论上他的11月18日才刚开始，但他昨天已经在我的11月18日中登场了，他昨天晚上已经和我谈论过，讲述过他的一整天。我可以告诉他，他是如何度过的这一天，我可以告诉他这一天中他那边的天气，以及各种他昨天跟我说过，如今却不再记得的事件。

他并没有怀疑我这段话的真实性。他曾经跟我说过一整天的经历，但如今完全不记得了，他所恐惧的正是这个。他的恐惧既源自我的世界中原本运转有序的时间序列突然断裂，也源自他曾亲自参与了我的那一天。他在那一天确实和我交谈并做出了一系列举动，但这些他现在统统不记得了。很显然，这令他感到了同样的头晕目眩与恐慌不安，就和我当初看到那块面包摇摇晃晃地飘到地上时所感受到的一模一样。在这个诡异的时刻，世界上原本固定的基础与法则都消失了，这感觉就好像全世界所有的确定性与可预判性都不复存在，好像一种存在主义的警觉突然被触发。这是一种无声的恐慌感，它既不会让人想要逃跑，也不会让人尖叫求助，这种感觉是任何救护车或者紧急救援都解决不了的。这种战备状态似乎在意识与神经的末梢严阵以待，就好像是一个你原本日常不会听到的音调，突然在此刻闯了进来。人们其实早就知道天有不测风云，知道任何事都能在一瞬间变换。一些我们觉得不会发生，完全不会料想到的奇异事件，还是有可能发生的。也许时间会停止，也许重力会失去作用，也许时间的逻辑与自然法则会在一瞬间荡然无存。我们不得不承认，我们对时间稳定性的预判是建立在不确定性的基础上的。这世上其实没有百分之百确定的事情，在所有我们每天觉得确定的事情背后，都有着各种难以预判的例外，使任何经验与规律都可能突然在毫无预警的情况下崩塌。

这可真是太不可思议了，一个人居然会被意外发生的奇异事件干扰到如此地步。我们知道，我们全部的存在都建立在怪异现象与小概率巧合之上。正是因为有这些怪异现象，我们才在此刻出现在这里，才会有人类生存在我们称之为地球的这个星球上，我们才能在一个旋转的球体上，在一个无穷大的宇宙空间内移动。这个空间中充满了难以置信的巨大物体，大到人类的大脑难以理解，而这些巨大物体又携带有渺小到极致的细微组成部件，它们小到人类的大脑同样无法理解。它们究竟有多么渺小，多么繁多？这些无穷小的物体汇聚在一起，组成了无穷大的物体，它们悬浮着组成了我们每个个体，是我们存在的原因，我们每个人都是依靠无穷无尽可能性中的一个而得以存在的。不可思议的事情一直都伴随着我们，并时刻都在发生着：我们本身就是由各种不确定性组成的，我们在它们之间来回游走，在一大堆难以置信的巧合中发展与演变。有人可能会认为，对这些偶然奇异事件的了解可能只是让我们在面对不确定性与剧变时能稍有准备，但这明显是大错特错。我们已经习惯了与不确定性共存，它们不会让我们在每天早上感到眩晕无力。我们并没有在这个由概率与巧合组成的世界里小心翼翼地移动或者犹豫不前，而是像它们并不存在一样在这个世界中毫不担心地四处移动。我们小瞧了偶然与奇异事件，当生活展现出它本来的面目时，当它带着偶然、难以预料、不可思议向我们走来时，我们是那么不堪一击。

然后警觉就被触发了，当我坐在酒店房间里时，仍会因为自己看到那块面包的重复掉落而感到眩晕。我能听到托马斯体内的警觉系统开始运作了，我能从他的声音中听出来。当他搞清楚发生的事情时，陷入了一阵安静的恐慌，他迟疑地尝试找出一个合理的解释去讲通这件事。这种安静并不是因为电话线出了问题，而是因为他的逻辑基点消失了，而他的警觉系统被触发了，他体内的应急急救盒被打开了。它的开启把人带到一个一切都可以改变的世界，在这里，时间断裂了，同一天在重复地上演，一整天的经历从记忆中彻头彻尾地消失了，明明之前被擦掉的灰尘又回到了原位。

通常，这一切会在某一刻结束。这只是个错误，我们能为这个奇异事件找到一个合理的解释：比如你看错了或者记错了，不小心把事情搞混了，把日子搞错了……最终，凭空消失的东西重新出现，不可理解的事件得到了合理的解释，这是个错觉或者疏忽，这是一个梦境或一场误会。世界最终恢复秩序，我们的眩晕感消失，可以长舒一口气。

但这次的事并不适用于这种情况。我连续两天看到同一块面包掉落，这是没法用任何误会去解释的。我明明在前一天亲眼看到玛丽擦掉了那个燃气取暖器上的一层灰尘，但当我今天在菲利普·莫雷尔的店铺后面再次看到它时，被擦去的灰尘又一次回来了。托马斯和我在前一天聊过，他告诉了我他一整天发生的事。我记得他的11月18日，而托马斯完全不记得了，但我们都知道，我说的是实情，我没有错，这并不是一个错觉或者误会，我很确定发生了什么，托马斯也没找到任何理由质疑。

托马斯说，他想好好观察这一天。我仍然能够听出他声音里的不安，他十分急于结束这场对话。他想要出去散步，然后很快再把电话打回来。当他在半个多小时后再次打来电话时，他已经查过了互联网、几份报纸、两家银行分行和一家办公用品店。他现在正坐在克利希苏布瓦市中心的"小小咖啡馆"里，克利希苏布瓦正下着小雨，时间刚过下午2点，他刚刚听到咖啡馆旁边的教堂塔楼传来的钟声，他很确定，现在是11月18日。

他没带来任何解释，但那一天摆在眼前的事实非常简单明了：我连续两天在同样的11月18日里醒来，并且今天我周围发生的一切都和前一天一模一样，简直就是前一天的重复。我的记忆中已经牢牢储存下了前一天，而托马斯却面对着完全陌生的一天，在他的记忆中找不到一丁点儿曾经经历过这一天的迹象。他只记得我们17日的谈话，谈论起来毫不费力，就像17日的这些事是昨天刚发生的一样。

我们花了几分钟时间讨论了各种不同的解释：幻觉与记忆迁移、误解与错觉、时间循环与平行时空。事实是，我们无法找到有意义的解释。我俩都认为不可能是移动到了一个未知的维度。当然，看起来最靠谱的解释是，这一切都是我的想象，是一种幻觉，一种有些过于天马行空的幻想，一场梦。但如果说我昨天经历的一整个11月18日都只是一场梦，一个虚构场景，一场幻觉，这又实在站不住脚：我们是不会因为虚构场景而被烫伤，不会梦见全部的晨报，通常不会从幻觉中拿到一份完全一样的一日副本，体验两遍完全一样的在巴黎中档酒店吃早餐的经历。我们陷入了疯狂，唯一可以确定的是，我正处在一个一天的终点回转到同一天起点的世界，名义上是过了一天，但新一天的一切和前一天是一模一样的。

我们好不容易决定了接下来要做的事。我们先是轮流考虑了各种不同的解决方案：我可以留在巴黎原地，看这一天会发生什么，或者我可以立刻回家，回到托马斯身边，毕竟托马斯是目前唯一知道我受到时间断裂影响的人，也很可能是唯一一个我能够与之分享这份怪异现象的人，毕竟只有他不会怀疑我，不会以一种看待疯子、怪胎、撒谎精的眼神看着我。当然托马斯也可以来巴黎，这样我们就能一起调查这件事或者等待时间再次恢复正常，但他觉得这不能解决问题。随着我们谈话的逐步推进，我们能达成的唯一解决方案就是我必须得回家。留在巴黎不足以让我们解决问题，我必须得回去。

我们跟对方保证，很快我们就会见面，然后结束了谈话。我平静地收拾着东西，把书籍收起来，小心翼翼地包好并放进书包里，然后穿上外套，开始朝车站走去。半小时后我到了车站，又经过大概一小时的等车时间，我坐上了前往里尔的火车，并在里尔换乘火车前往克利希苏布瓦。

当我在克利希苏布瓦车站下火车时，天已经黑了。我想呼叫一辆出租车，但叫车电话打不通，于是我决定从车站走将近两公里到家。当我在火车上时，天空就已经开始下雨，此刻风吹得更猛了些，雨势开始加大，我走进雨里，一手打着折叠伞，另一侧的肩上背着包。时间大概是晚上7点，路上到处都是水，又黑又冷，雨只停了一小会儿。当我坐在火车上时，并没有感受到太多手上的烫伤，可当我在雨中每走一步时，手上的伤口都在一次次传来流遍全身的灼热痛感。我能感受到烫伤贴在雨中变得松动，有时我会停下来，试着重新贴紧它或者把肩膀上一侧的包腾换到另一侧，并换另一只手拿雨伞，但这并没有什么作用，疼痛感只消失一小会儿，然后便再次出现。

不过非常奇怪的是，从车站到家的这段路令我感到平静。或许是因为我目前的处境需要这样的步行，又或许是因为寒冷、不适和灼热的痛感与我内心的不安非常契合。我所感受到的不只有我的生活出现了问题，不只有寒冷、不安与不适感，我还感受到了解决办法就在眼前的希望，一种确定性。我知道只要我咬牙坚持穿过这片寒冷与雨水，只要我忍住手上的疼痛，只要我紧紧抓住雨伞并努力扛起这个沉重的书包向前走，只要我继续一步步在雨中前行，我最终就能穿过这一切抵达那所房子，抵达那个温暖的客厅，到托马斯身边，他正在家里等我。的确，现在我只是一个人，正独自被困在雨水与寒冷中，一只手上有烫伤的伤口，肩上还扛着装满书的书包，但这样的状况并非不可改变，只要我能到达那个遮风挡雨的地方，里面有干爽的衣服和正在等着我的托马斯，这将是我这段艰辛路途的终点，我会在那里找到解决这一切的办法。我要做的只是走完这段雨中的艰辛路途。

当我到家时，一切都和预想中的一样。房前的街灯投射在家门口花园的灌木丛上，在潮湿的房屋墙壁上留下令我熟悉的影子，菜园十分昏暗，却又不是一片漆黑，从街上能看到花园栅涂着白漆的门。房屋前面的一块块铺地砖，如以前一样尽职尽责地引领我从街道来到家的大门。那一刻是11月，天空下着雨，我去了波尔多，然后前往巴黎，拜访了菲利普·莫雷尔，采购了书籍，按照计划在两天后回到家。唯一在计划外的是，我并没有见到娜美·夏莱，并且时间也没有按预定轨道推进到11月19日。一个小的转变，一系列规则序列中出现的一个错误，一次时间的断裂，一个我无法立刻纠正的缺陷，一个我到现在还无法衡量其到底有多严重的问题，我对此既不能断定这是微不足道的小事，也不能绝对肯定这是个灾难。但问题就摆在眼前，当我沿着房前的一块块地砖向前走时，我感到它变成了一个可以放一放的不那么重要的细节。

从我在雨中艰难前行的那一天到现在，已经过去了这么多天。这些天以来，时间序列中的这个原本微小的缺陷已经变得越来越大：它变成了一个再也不能被忽视的日期循环。此刻回想起来，我仍能清楚地记得那天晚上从火车站走到家时的感受，在那段路上，有顷刻的时间，我能将这段时间的断裂视为一个不那么重要的细节、一个能解决的问题、一段很快就会结束的在寒冷与雨水中的跋涉。但在片刻后我意识到了，这并不是一个可以将其抛之脑后的小细节。时间的错误并没有消失，而是越变越大。我完全不知道该如何消除这个错误。

当看到我出现在街灯投射的光下时，托马斯立刻透过厨房的窗户朝我挥手。当我们目光相遇时，我们注视着彼此，然后托马斯打起了招呼，但很快上扬的手臂便在半空中停下来，他改变方向，快步来到门口。我们在家门口见了面。我抖掉雨伞上的雨水，托马斯立刻把我拉进家里，拉进温暖而干爽的空气中。我先把雨伞和书包放下，然后脱下外套，之后横亘在我们之间的只有那一天的差异了，就好像我只是出去旅了个游，这不是一次寻常的旅行，有事情发生了，可以感受到什么东西发生了变化，我们的这次见面带有一种不安的意味。但这仍然给人一种我已经脱险的感觉，就好像我刚在一场事故中死里逃生，从一次酒店大火、交通事故、火车脱轨中逃脱出来，刚好没有波及我。好像我躲过了危险，安全回来了。我能感受到身体如释重负的感觉，肩膀的酸痛感消失了，受伤的疼痛也逐渐被淡忘，我能感觉到托马斯的衬衫被我带进屋的雨水弄湿了。

在我进入玄关并脱掉靴子时，托马斯上楼从卧室给我拿来一件温暖的毛衣。我把湿漉漉的包拿进客厅，从包里拿出买的书，放在客厅的桌上。很幸运的是，它们并没有被雨水淋湿。我从包的底部拿出干衣服，换了身衣服，把托马斯刚给我拿的毛衣套在身上并拉到裙子上方，然后一屁股坐在客厅窗边的扶手椅上。托马斯沏好了茶，端着两个杯子走进客厅，坐在另一把扶手椅上。我们就这样坐在那里，坐在扶手椅上。在我们之间只有一张低矮的桌子。这次团聚让我们感到轻松，我们谈论着天气、书籍、菲利普和玛丽、我被燃气取暖器烫伤，讲到烫伤时，我揭开烫伤贴给他看了我的伤口，伤口变得又红又湿，但已经不是特别疼了，我正平静地坐在温暖的家里，似乎一切已经好转。

我们回到了正题，我小心翼翼地避免使用容易混淆的措辞，避免使用“昨天”或者“前天”这样的词。我描述的时间点是“今天”“17 日”“我拜访菲利普的那天晚上”，这样我们就能在谈论我的这段旅程时避免很多误解与困惑。

我把那枚古罗马硬币给了托马斯。我告诉他，这是我今天上午去菲利普的商店，为了方便调查那个长期未使用的燃气取暖器而购买的。托马斯其实并不是一位收藏家，他对古代硬币的价值与它们到底有多稀有也并不特别感兴趣，但这些年来他仍然一步步积累起了一个另类的小型收藏。据我所知，并没有一个流派或者规则能够解释哪些物品会被纳入他的收藏中。他把所有收藏存放在一个非常沉的纸壳箱里，里面不仅有硬币，还有一些邮票、几份刻着画的铜片和几本口袋大小的插画书。

如果它们能配得上“收藏品”这个词的话，这些“收藏品”是为数不多的托马斯在认识我之前就有，且一直保留到现在的东西，当然其他几样“老物件”还包括他在我们认识几年以后，从他爷爷那里继承的房子还有花园，这个花园依然保持着托马斯儿时在里面玩那会儿的样子。我们接管这幢房子的时候，里面装满了从童年时期就陪伴着托马斯的东西：两张扶手椅、客厅地上铺的黑白图案的地毯、我们现在坐着的椅子中间这张小矮桌上的杯子、楼上书房的写字桌、外屋的各种工具、客厅的书架和到现在还能用的老式组合音响。我们其余的家具来自我在布鲁塞尔的公寓，我们见面后不久托马斯就搬到了我家。他搬过去的时候带着几箱古代书籍——从这里为起点，这几箱书一步步发展成了如今的T.&T. 塞尔特工作室——除了书，他当时还带过来了那盒装着各式物品的小型收藏，我觉得那枚古罗马硬币到了那里面，肯定像旅居国外的罗马人终于魂归故里。

整个晚上的绝大多数时间我们都坐在客厅。我回家了，我们又在一起了。当我们坐在那里时，那个晚上，在客厅里，拿着茶杯，那一刻就好像世界几乎回归正轨。然而，我仍然无法避免时间的断裂给我带来的不安感在身体中蔓延。一整个晚上我们都在用各种方法思考这个问题，但我们既找不到合理的解释，也没有一个解决方案。托马斯觉得，也许问题自然而然就解决了。他想要让我放心，或者说他想让他自己放心。有那么一刻他漫不经心地说道，时间肯定最终总会回到它不断向前的轨道中。这就好像人们在生活中总是不得不面对居无定所、洪水漫延过堤岸、交通事故、脚踝扭伤、酷寒或干旱，但当一切都打马而过，最终，他说，我们此刻就坐在这里，就好像什么也没有发生过一样。没有死亡，也没有受伤。

我很不安。以防万一，当我们在深夜准备睡觉时，我把从巴黎带回来的那些书拿到了楼上的卧室。我把它们放在床尾，然后我们钻到被子里，躺在一起，彼此靠得很近，但我们并没有像往常那样谈论我们第二天的计划。我俩都觉得，如果我们像什么都没有发生一样，一切恢复正常的机会也许会更高。

没过多久，我意识到托马斯快要睡着了。我能听到他的呼吸声，能看到他脸部的轮廓，我感觉，有那么短暂的一刻我看到他睁开了眼睛。在现在这个时间点，我已记不清那晚我在黑暗中都看到了什么，但我能清楚地记得那非常短暂的一瞥，如果你让我描述，我只觉得它带有一点点责怪，好像背叛他的不是时间，而是我，是我打破了他世界里的平静。

他马上又闭上了眼睛，我不知道他是不是立刻就睡着了，但过了一会儿，当我已经确定他睡着了时，我松开了他的臂膀，非常安静地朝着床的栏杆处挪了挪。

我仍然感到不安。我能触碰到床尾的书，一阵突然的冲动涌上心头，我从床尾那摞书里找出《饮用水历史》和《天体》，把它们放在枕头底下，然后也睡着了。

第二天早上，我醒来的时候，托马斯还睡着。起初我感觉一切都很正常，皮肤感受着与床单贴合的触感，托马斯就在我身边。我感受到空气中的凉意，窗外透进来微弱的光亮。这种感觉持续了一会儿，大概是几分钟吧，也可能只是几秒钟。在这么短暂的一刻里，我感觉自己处在一个再正常不过的早上，有一种处在平淡日常生活的再熟悉不过的感觉。在那个早上，我醒了，托马斯还睡着。

然而，不一会儿我就意识到，一切并不仅仅是我在正常不过的早上，从托马斯的身边醒来那么简单。起初我只是感到一种不安，觉得有什么事情不对劲，好像自己忘记了什么，有什么事情逃离了我的视野。直到我碰到厚厚的被子下的那些书时，我才意识到，令我感到不安的究竟是什么。在这些书的触发下，11月18日发生的种种事情映入脑海，打破了我平静的早晨。我立刻想起来，自己之前在巴黎，想起在酒店醒来时又一次经历了一个11月18日，而不是像预想中那样进入了11月19日，想起自己曾穿越风雨回到家，和现在正躺在床上，正躺在我身边的托马斯说了发生的一切，想起我前一天晚上睡觉前，曾把两本书放在枕头底下。它们现在还在。我在床尾处摸索着并找到了另外的三本书，我把这些书归拢在一起，然后小心翼翼地把这一摞书从床上搬到了地上。之后我看到了那件昨晚搭在椅背上的毛衣，我把它套在我的睡裙上，下楼去了厨房。

情况仍然不明朗。今天可能是18日，也可能是19日，抑或是跳到了11月20日。我对此并不清楚，也不急于把它搞清楚。我下楼做了早餐，煎了鸡蛋，烤了面包，把一些谷物早餐倒进托盘上的两个碗里，厨房桌上的碗里有几个从花园摘来的苹果，我从中拿了一个，剜掉苹果表面一些棕色的斑点，然后把它切成一个个小方块，分成两份倒在装着谷物早餐的两个碗里。我消磨着时间，煮了咖啡，但又觉得还不够，于是又泡了一壶茶。我拿上杯子、盘子、刀子和勺子，找出黄油、奶酪、果酱、蜂蜜、牛奶，并把它们全部堆在托盘上，托盘上的东西现在已经满得都挤到外沿了。我拿着托盘走上楼梯，把它放在二楼楼梯口的地上，又下楼去拿咖啡壶和茶壶，上楼后，把它们也放在二楼楼梯口的地上，然后再次拿起早餐托盘，端着它走进卧室。

当我端着托盘进来时，托马斯已经醒了，他脸上的惊讶之情是那么明显。在他的世界里，今天是11月18日，不是第二遍或者第三遍连续的18日，而是第一次。对他而言，今天的前一天是17日，今天的后一天才理所当然是19日，而我应该在19日才会结束旅行回到家。然而令他感到惊讶的是，我居然今天就已经回来了，还端着一个装满早餐的托盘站在卧室里。

我把托盘放在床上，转身去拿楼梯口地上的咖啡壶和茶壶，并把它们放在床头柜上。然后我坐在了床上，坐在托马斯旁边。我又一次跟他讲了我在巴黎的经历、我的回家之旅，以及前一天我们共度的晚上。他在手机上查看了日期与时间，但一切的一切都显示着，今天是11月18日，时间是早上9点零7分。他记得我们在17日的交谈，但没有任何关于18日的记忆，一点儿都没有。他完全不记得我给他打的电话，不记得我回到了家，不记得湿漉漉的雨伞和大衣。在他的记忆中也完全没有我带回家的书籍、没有我们昨晚认真的讨论与令人平静的氛围。当我告诉他，我昨天如何穿过风雨从车站回到家，他昨天透过厨房的窗户看到了我，朝我挥手挥到一半就赶紧掉转方向来迎接我时，我在他的眼里看出了不安。我接着向他展示了他昨晚是如何向我挥手的，我告诉他，我们在家门口相遇，昨晚的一切都好像回归了正常，然后赶紧向他强调，我现在已经回来了，我们坐在床上，托盘上盛满了早餐，我们在一起，没有人死亡，也没有人受伤。那些我切下来和谷物一起放在碗里的苹果块已经很明显地开始变成褐色，刚做的热饮也已经在早晨的空气中消散了一部分热量，但不好的事情仅此而已了。重要的是我们在一起，我们可以一起吃早餐，我们可以在彼此的陪伴下度过接下来的一天。

当我们吃早餐时，我们认真思考着究竟发生了什么事。托马斯有些犹豫，他觉得，也许我们应该等等看，让这个问题自然而然地解决，而我觉得，他必须得接受这个现实。或许他期盼着我关于刚过去的两个11月18日的记忆会突然消失，或者对我现在在家这件事会突然出现一个合理的解释。但我已经很清楚接下来的这一天会发生什么。这还是重复的一天，已经是第三遍了。

早餐后，托马斯在书房的电脑上继续调查日期，他看了新闻、天气预报与应急公告，但一切都表明今天只是平常不过的11月18日。过了一会儿，他建议我们出去散步，采购物品，也许还可以去河边。我觉得也许等到下午天气好转后再去做这些会更合适，因为托马斯告诉过我，下午天气会放晴，尽管现在从天气预报中还完全无法获得这个信息。到了下午3点15分时，雨的确突然就停了，乌云开始消散，然后太阳出来了。我们穿上暖和的衣服，特意带上了雨伞，沿着我们往常经常走的一条路散步，穿过森林，来到河边。我们经过那个废弃的水力风车，并继续沿着河边的小路往前走。尽管11月下了很多雨，河水还没有漫过河岸。我们继续向前，穿过森林来到城里，在市区的市场买了些东西，然后回到了家。

我把我在波尔多和巴黎买的那五本书拿到一起，放在我购物时经常用的背包里。这是一种我无法和托马斯解释明白的，来自直觉的安全做法。总有一种直觉告诉我，如果我不把这些书留在我身边，它们就会消失。当托马斯提出要帮我背着它们时，我立刻拒绝了。在从城里回家的路上，我忍不住透过玻璃窗去看银行墙上显示的日期，我控制不住自己，在路过一个自动取款机时一定要停下来调查上面的日期。在帕雷耶街的邮局，我又不由得去确认邮票自助贩卖机显示屏上的日期，我多想在这么多表明日期又一次重复了的迹象中，找到那么一个例外。但所有地方的日期都是一样的，没有丝毫怀疑的余地。这已经是连续第三次11月18日了。

云层开始聚拢，原本能间歇性地露出几片蓝色的浅灰色天空，现在转变成了深灰色。在我们回家的路上开始下了一点点雨，但我们顺利在雨真正下起来之前回到了家。到家没一会儿，天色完全暗下来，大雨倾盆而下，我们看到邻居沿着花园尽头的栅栏匆忙而过，他在街角转向，小跑着直奔自己的家，然后打开大门，消失在我们的视野中。我把书从背包里拿出来放在客厅的桌子上。在雨势减弱后，托马斯从花园棚中拿来木柴，点起了炉火。

我们在客厅的地板上亲密接触。我们总是需要在一起亲近的时光。怎么说呢，我们并不像有些情侣那样需要离开彼此一段时间，然后在分离中思念对方并重新发现对对方的爱意，他们需要的是爱情中的跌宕起伏与分分合合，以及分离又重逢后的小别胜新婚。而联结我和托马斯的并不是距离、分离与重聚。我们的爱情一直寄托于那些一起共度的时光，一天又一天，一夜又一夜，循环往复。维系在我和他之间的是一种联结，一种随着一天的推移逐步加强的荷尔蒙引力。所以我们经常在共度了漫长的一天后，突然沉浸于彼此。现在我们躺在地板上，躺在那张黑白图案的地毯上。此刻屋外的雨还在继续……

我们的爱情总凝结于微小的颗粒中。它们存在于细胞之中，如分子般渺小。它们在我们四周的空气中凝结、反应，组合成我们无法掌控的化合物。在我们与彼此交谈时，它们透过声波以一种罕见的合拍的形式联结在一起。或许它们小到以原子水平度量，甚至是比原子还要微小的颗粒。

在我们之间不存在断崖与距离，我们之间的联结以另一种形式存在，它是一种细胞之中传来的晕眩感，某种电力或者磁场的碰撞，抑或是某种我不知道的化学反应。这种反应在我们之间的空间里产生，当我们陪伴彼此时，这种感觉会变得更加强烈。也许我们之间有一个带有凝结与蒸发反应的天气系统：我们陪伴着彼此，注视着对方，靠近彼此，联结彼此。我们相遇，交融，入睡，醒来后又回到那种我们之间独有的联系中。联结我们彼此的是个平静的天气系统，里面没有自然灾害。或者应该说，这是个在11月18日以前没有自然灾害的天气系统。

晚上，我先是把那几本书拿出来放在床尾，迟疑片刻后，我改变了主意，单独拿出《天体》和《饮用水历史》，把它们牢牢放在自己的枕头底下。尽管在这一整天里，这两本书都毫发无损地跟随着我，但我不想冒险。其实我今天一早就发现那枚古罗马硬币消失不见了，但我并没有立刻和托马斯提起此事，或许是我期盼着它自己会突然出现吧。我找遍了所有能找的地方——我的包里、客厅桌子上、书房写字桌上……但始终不见这枚硬币。

我在晚上和托马斯说了这枚古罗马硬币的事，但他当然不会记得我们前一天晚上把它放在哪儿了。我们倒是一起搜遍了整个房子，找遍了我或者托马斯可能存放这枚古罗马硬币的地方。起初，托马斯想看看他是否把它放在书房的收藏箱中，但它不在那里，它也不在家里的任何一个抽屉里，也没有被遗忘在书架的哪一个角落或者卧室窗台上。

从找不到硬币的那一天起，一直到今天，我都一直相信，那枚古罗马硬币一定又以同样的方式回到了菲利普·莫雷尔的店里，就和那两本书在第一天晚上回到了那两家书店的书架上一样。我曾想过回到巴黎去确认事情的真相，但一直拖到今天，我还是待在家里没有动。我并没有去巴黎，我也没有进入客厅和托马斯碰面，他几分钟前上楼去了书房，没一会儿又拿着一个记事本下楼回到客厅——他一定是想在上面记录下对正在读的那本书的评论。夜幕又一次降临，又一个11月18日即将过去。我今天的绝大多数时间都呆坐在客卧的窗边，房间里的光线投射到外面潮湿的花园里，又是哪儿也没去的一天。

当然那一天我们并没有找到那枚古罗马硬币。当我第二遍检查卧室的抽屉柜时，托马斯坐在床上，试图搞清楚11月18日循环的原理，但实在不明白这一天是如何循环地连接起来的。那一天中的有些东西消失了，但不是全部。我的包和衣服没有消失，17日购买的书也没有消失，甚至我18日买的两本书，虽然第一回在利松酒店的房间里消失了，但在我再次把它们找回来后，也一直在家里没有再次消失。它们晚上一直在我的枕头下，一整天都在我的视线范围内，它们现在仍然在家里。然而，那枚古罗马硬币却消失了。

当我那晚再次转向托马斯时，他正在对时间打破规律的断裂与这一天的种种细节展开各种复盘与思考，希望能解开谜团。突然间，他似乎开始对这种情况感到好笑，好像在经过一整天的努力理清思路后，开始把时间的这个奇怪现象当作一件闯入我们生活的好笑的事。当我钻进他身边的被子里时，他从早上就有的不安已经消失了，取而代之的是一种突然出现的快乐。在我们入睡之前，他做了一个简短的致辞——用他的话说，这么做是为了规避风险——他首先对我枕头下的那两本书致辞，然后是床尾脚边的那些书，要求它们待在那里别动。然后他就躺下靠在我的身边，环抱着我，并要求我第二天不要走——不管第二天究竟是哪一天，当然最好是连续衔接到真正意义上的第二天——或者最好是我能永远在第二天陪伴着他，这是他的心里话。又过了一会儿，他睡了，几分钟后我自己一定也睡着了。

正是因为有这些回忆，我才能偶尔起身，走到玄关的门口，但我并不会打开门，因为我会立刻想到我必须得先解释我的存在，想到我现在有122天的时间来解释。当我再次看到托马斯眼神中的不安时，为什么要匆忙地加上那句“没有人死亡，也没有人受伤，只是时间断裂了”？每次想到这里，我都会停下来，继续待在屋里。

必须要顺利度过一整夜，这个荒诞的事件才能开始让我们开怀大笑。我感觉仿佛这种快乐就被压在最下面，仿佛必须先穿过层层不安与疑虑，穿过一系列问题与谜团，它才能透到表面，就好像被困在永冻层的天然气泡泡那样，需要时间解冻并突出重围。

我已经习惯了这个想法。虽然被困在11月重复的一天里，但好在我待在家里。托马斯正坐在客厅，全神贯注地读着乔斯林·米隆《明晰调查》中的第四章。我想他此刻应该没有想着我，如果他真想到我了，他一定会想象我正处在利松酒店，或者正坐在菲利普·莫雷尔的店里。他不会预想到我会在今晚打电话给他，他肯定觉得要等到明天早上或者更晚些时候，等我在“第18号图书馆”拜访过娜美·夏莱后，在返回克利希苏布瓦的火车上，才会接到我的电话。我能预判到托马斯会坐在客厅里再读一会儿，他会时不时放下手中的书，在记事本上写几句话，然后在读完第四章后，把记事本合上，夹在书中。我料想到他之后会关上客厅的灯，检查房门是否锁好，先是看前门，然后是看后门，接着他会关上玄关的灯，走上楼梯，在二楼卧室躺下来睡觉。我知道我很快便会关上我房间的灯，躺下睡觉。明天醒来又将面对第123次11月18日。

第*123*次

第二天早上——也就是我连续经历的第四次11月18日——先醒来的人是托马斯。我能感受到他的手拍在我的肩膀上。我听到了他声音里的惊喜，当他问起一系列问题，问我什么时候回来的，明明前一晚还在巴黎的酒店和他打电话，怎么一下子就回来了时，我能听出他声音里带着一丝困惑。我从床上坐起来，几秒钟后便想起发生了什么。托马斯重复着他的问题，曾有那么短暂的一刻，我以为他谈到了我在拜访菲利普·莫雷尔后给他打电话的事情，我以为他突然想起了我和他经历的第一个11月18日，但仔细一想，他所说的其实是11月17日。他说的是我从波尔多到达巴黎那晚，我在酒店睡前给他打的那通电话。托马斯又一次醒在了他的第一次11月18日，之前发生的一切，只要是在11月17日夜间以后发生的，统统都消失了。他在克利希苏布瓦的11月雨天的经历消失了，在我拜访过菲利普·莫雷尔后跟他的电话交谈消失了，我在第二次11月18日的跋涉回家的经历被抹去了，我们在第三次11月18日在床上吃的早饭也在他的记忆中没了踪影。我们在第三天的所有谈话、我们穿城的徒步、我们在客厅地毯上的亲密时光、我们在各处寻找失踪的古罗马硬币的经历，以及他睡前对着床上那些书的致辞，也都毫无例外地消失了。这已经是第四次11月18日，我知道这一天也不会在他的记忆中留下任何印记。

我又一次告诉了托马斯发生了什么事，我又一次看到他对我突然回家的惊喜被不安的情绪所取代。我又一次试图回答他提出的问题，但依旧无法给他一个合理的解释。

在接下来的几天里，我每次醒来，都会感受到与回家后第二天醒来时相同的熟悉的不确定的感觉。有几次是托马斯叫醒我，因为他又一次惊讶地发现我在他身边熟睡，但通常先醒来的那个人是我。我醒来的过程很慢，起初只是有一种在家的感觉，处于半睡半醒的状态，有种朦朦胧胧的感觉。我们通常会在若即若离中醒来，在某些时刻，你会感觉一切就像平常一样。就好比即使睡在陌生的房间里，醒来的那一刻，你会以为是在自己的床上醒来的，直到你发现门的位置不对，床单是陌生的，房间也完全不一样。或者就像儿时的一个早晨，本来看起来完全是再普通不过的一天，突然就意外成了圣诞节或生日。又或者情况相反，有时你伸了个懒腰，准备迎接一个普通的早晨，然后清醒后突然发现原本在夜间被抛诸脑后的担忧与不安，在此刻又卷土重来了。

一个又一个日子就是在一个又一个充满不确定性的清晨开始的。窗外透着灰蒙蒙的光亮，传来鸟鸣声、雨声。床单贴着皮肤，风吹过树林传来微弱的窸窣声，还有清晨轻柔的风哨声。每当早上醒来，经历这一幕幕场景时，我都好像身处一个没有景深与聚焦功能的世界，这并不像在梦中，而是好像有一部分感官被封闭了：你是醒着的，你感觉着周围的世界，你具有视觉和听觉，就像一个声音收集站，但只有很近的事物才能被感知，其他的一切都融为背景好像不存在，仿佛一天正试图以一种自然清澈、模糊、不带任何特点的方式到来。这只是一个清晨，一个再简单不过的清晨。

这种状态只持续了一会儿，我飘浮在晨雾中，感觉房间围绕着我。我能感觉到托马斯，他的身体轻微晃动，可能还睡着，也可能快要醒了。我的手伸出去，晨光、房间里的家具、通向楼梯的门……渐渐地，一个个细节浮现，记忆开始出现，我记起发生了什么，时间断裂了，但一天天依然在流逝，五天，六七天，八天，十天还是十二天……我明白，我又在一个断裂的早晨醒来，这一天变成了又一个11月18日。

我不知道为什么会出现这种现象，也许是时间在夜间关闭了，过去和未来都在我们的睡梦中消失，然后等我们醒来才会再次被唤起；也可能是一个个词语在睡梦中被抹去，于是所有事物在早上都只有轮廓；抑或是语言在夜间休眠了，所以我们醒来时脑海中没有文字，或者只有那些最贴近我们的文字：早晨……现在……这里……醒来……光亮……或许我们醒来时想不到任何句子，或者只能想到慢慢延展开的最简单不过的句子：早上了……一天开始了……我醒了……

我不知道为什么会这样，但每天早上都会出现同样的现象。我在托马斯身边醒来，一道灰蒙蒙的光透过窗帘照射进来，床单贴着皮肤，一阵微弱的雨声和风声，这是朦胧而模糊的早上的感觉，然后一点点变成又一个11月18日。

我小心翼翼地叫醒了托马斯，在他的记忆也闯进他新的一天之前，只有在此刻，我能够尽可能抓紧时间，抓紧他。随后他便想起了我昨晚在巴黎，或者更准确地说，我现在明明应该在巴黎，然后便开始感到疑惑。

我低声告诉他发生的事情。我察觉到了他的不安。如果我看着他，便能感受到他的眼神中尖锐的锋芒，当我看向另一个方向时，或者靠近他并低声说话时，能使这种尖锐的眼神稍微缓和一点儿。我低声说道，这没什么大不了，只是时间断裂了。但我回家了，我们还在一起，没有人死亡，也没有人受伤，没有悲剧、意外事故、灾难，没有救护车或者葬礼，就连我的烫伤也正在慢慢愈合。

托马斯从来没有怀疑过我的说法，他也没有怀疑的余地。我能告诉他，几点雨会停，几点又会开始下。我能告诉他，邮递员会在10点41分冒着细雨过来。我能描述出，过一会儿一只山雀会如何在苹果树周围跳动。我可以预测下午5点14分，我们的邻居会冒着倾盆大雨，沿着我们后花园尽头的栅栏一路小跑，然后右转，顺着我家和他家之间的那条小路过去。我们可以从书房的窗户看到他打开大门，走到地砖上，绕过四块地砖连接的凹陷处积聚的水坑，快步冲到他家后门，用早已拿在手里的钥匙打开门，之前他在雨中往家赶的路上就已经从口袋里找出了钥匙。

那是段奇怪的经历。在11月18日这一天中，我们早上醒来，出去散步，然后找个地方坐下来喝咖啡。在这一天的大部分时间里，我们都密切留意着彼此，就像刚刚陷入热恋的人或近视眼一样。我们让我们世界里的水平线消失了，我们寻求着这种眩晕感。在这种薄雾中，我们之间的距离也消失了。我们把这种眩晕感当成这一天的一部分，置身于这个充满恍惚与灰白色困惑的没有距离的空间。

我不认为这是一种主观意志，但我逐渐一点点延长了我在清晨的这种不确定的感觉，每天延长的幅度缓慢而几乎难以察觉。我把这种感觉归集在一起，加强了这种浅灰色的醒来的感觉，并且在每个早晨，我都能让这种感觉的持续时间比前一天更久一些，使其延长到这一天中一个更远的时刻。没过几个早晨，我就能让这一刻停留足够长的时间，以便能在这种状态下感受整个房间：床单与躺在我旁边的托马斯，床后面的那面墙和房间尽头的柜子，一把椅背上挂着衣服的椅子，晨光，烟囱的烟道在微风的作用下发出的微弱的咔嗒声。这是家里日常的声音，这仍然是一个正常的早晨。我躺在床上，让世界的一个个小片段溜进来并扩散，一小串鸟鸣声、一只对灰色天气感到不满的乌鸫、一只在雨间歇时插进来歌唱的知更鸟，一开始是三四个音调，接着是六七个，然后是八个……随后这一切在我的雾中消散，消散的过程是一点点渐渐推进的，就和它们出现时一样。

这一定是一种无意识的不知不觉的训练，是一天开始的基调。我记得那些平静的早晨与柔和的光线。我记得一阵雾气环绕着我们，带我们开启这一天。我们在一片薄雾缭绕的景色中穿行，只能看见事物的轮廓。我们无须辨别看到的生物到底是什么物种，无须分辨在路边究竟是乔木还是灌木，也无须了解我们经过的是房子还是小马厩。

或者我们发现自己置身于水底，我们来到了海洋的最底部。有几个潜水员正小心翼翼地调查着周围的环境，指向鱼群、残骸或者被遗忘的废墟。我们用手势等肢体语言传递信息，我们选择特定的物体开始更仔细地调查，拿起什么东西查看，然后又把它放下。我们的探秘与调查受到我们不想放弃的安静而专注的猎奇心驱使。

或者我们是被海浪冲上岸的漂流者，在未知的海岸边茫然而困惑，对突然上岸的死里逃生感到惊讶，对自己居然还活着感到十分意外。但我们并不知道当我们开始探索这片神秘海岸时，等待我们的究竟是什么。

如今回想起那些天，我觉得相比于我所经历的所有日子，这是一段最幸福的时光。我觉得自己被爱包围。无论我在客厅的沙发上还是地板上，无论躺在床上还是晚上坐在餐桌旁，我都能感受到生活中的爱意。这种感觉与11月18日前、与平常相比，并没有什么明显的不同。因为在时光断裂的这段时间里，我们无须刻意追赶什么。这是段不会在我们的世界里消逝的时间，它就好似我们初次相遇的那段时光，但我们之间的爱意比初次相遇的那段时光里要更加强烈。或许，从现在这个时间点回头看时，我认为它大约带有一种平静的绝望，但在那些天里，我们并不这么认为。这感觉就像电流穿过身体，当我们交谈时，我们的句子汇聚到了一起，我能感到房间里有某种力量，这是一种凝聚，仿佛一道道电流将我们联结在一起。在那段时间里，我是被感知，被理解的。我表述的每一词、每一句，都被用心听到，然后我能接收到托马斯向我诉说的每一词、每一句。

我们生活在两种不同的时间里，仅此而已。这两种时间都漫过了它们彼此的河岸，这两条时间的河流在一个地点交汇，合并为同一条河流后继续流淌。这是一种时间体系中的“美索不达米亚”，流淌其中的幼发拉底河与底格里斯河只是名字不同罢了。实际上，我们在“美索不达米亚”过得十分惬意。

我们置身于一种节奏中。早上，我们醒来。我讲述发生的事情，以及为什么我会出现在这里。托马斯听着，并为这一切感到担忧，然后开始适应这个陌生的时间体系。下午，我们在阵雨的间隙走到外面，有时沿着河边散步。在一天的最后，有时托马斯会突然在这个副本中感知到喜剧与欢笑的成分，然后我们开始幻想如果时间永远无法自己恢复正常，会发生什么。我们听着拍打着窗子的风声和雨声，或者让自己沉浸在黑暗中，在其中漫游。我们在老磨坊街的图书馆找到了关于平行时空与多重宇宙的书籍，读了关于时光断口、时间循环与时空迷宫的故事，还找来了关于时间旅行与时序错乱的电影。我们读书给对方听，我们沉思，我们幻想，我们等待着什么东西能够解释这种时间体系。逐渐地，我们在思考中越走越远，迷失在更多奇幻的解释中：是那枚古罗马硬币，是爱情，抑或是那次烫伤开启了通往另一个时间的门？会有符合自然规律的解释吗，还是有种未知的神秘力量作祟？

我不知道是否能够说我们找到了解释。我们转着圈，并不缺少提议、想法或者奇妙的幻想。我们在理论、观察与解释模型搭建的云朵中踱步。通常会在傍晚时分或者晚上跳出一些想法，因为到了这会儿，托马斯已经适应了这种状况。这可能发生在我们面对面坐在厨房的桌子旁时，发生在我们躺在客厅的地上或者卧室床上时，发生在我们一起吃过饭以后。我们的调查总在不断变化，这就好像一种驱使我们在房间各处旋转的舞蹈，一首纯真而有点儿笨拙的圆舞曲，一首迷惑而奇幻的华尔兹，一曲欢快的探索芭蕾，一段在事实与观察中来回踱步的、令人接不上气的踢踏舞，抑或像一支在探索中不断完善的探戈曲，两个舞者在房间各处不停地跳舞并搜寻，而从不试图寻求断奏点与休止符。

我们观察着事物，听着树枝碰撞在窗户上的声音，花盆被夜晚的大风吹得动了起来，时而变大时而暂停的雨，从外面那条路经过的邮递员、邻居与小孩。我们在白天外出采购，发现有些东西第二天还在，而有些到了第二天就不见了——它们在夜间消失了。这是一种没有规则的紊乱，但我们并没有对此展开进一步调查。我们前一天购买的面包或饼干会在夜间消失，然后第二天重新出现在超市，我们明明在前一天购买了货架上仅存的最后一袋，但第二天它依然会重新出现在超市。我们在前一天从图书馆借走的书，会在夜间重新回到图书馆的书架上。有些衣服不见了，有一条连裤袜我还没来得及穿，就在夜间消失了。重复与怪异的现象不断上演。我们观察着，疑惑着，但每次持续的时间都不长。我觉得这是因为我们并不想为这些奇怪现象确定一种解释。我们乐于接受任何一种能解释这些现象的理论，只要这种理论的准确度差不多就行，但当我们遇到另一种新的解释时，便会把之前的想法抛到脑后。

我们发现了怪异现象的模式，但并没有进一步调查。我们发现了不寻常与不规则的现象，对此感到疑惑，但很快又会忽视它。我记得这些现象，它们好像共同存在于我和托马斯的经历中，但其实这只是属于我的经历与困惑，因为到了第二天，托马斯便会忘记我们在前一天所发现的一切，我们新的一天便会从这里开始。会有一些小的发现与灵光一闪的解释，但我们并没把它们归集整理在一起，因为我们前一天发现的一切都仅仅以极其松散的形式零星散落在我的记忆中，很容易在我俩都遗忘时被忽视。当类似的问题再次出现时，被遗忘的碎片又会轻而易举地再次现身。

通常，我们最终只能承认，我们不可能知道一切，承认我们必须接受一些错乱现象的存在。人的一生中总会遇到不规则与意外，总要与规则的模式和不规则的荒诞共存，这两个世界总是试图融合在一起。

这种现象持续了几个星期，或者应该说它持续了相当于几周的天数。大概63天吧，还是64或65天来着……我不确定。我不太记得什么时候事情开始往相反的方向发展了。

我数过日子，但逐渐地，这一天天都仅仅成为我放在厨房的笔记本上的一个标记。起初，我们会谈论天数和笔记本上的线条标记，但很快它们便被留在了厨房小餐桌的抽屉里。在白天我会找到一个只有我自己独处的时刻，打开抽屉，拿出笔记本，在上面做个标记，然后合上本子把它放回到抽屉中。重复的天数不再是我们讨论的话题，因为我不能让这些不断增长的天数横亘在我们之间，我把我们之间的距离关在了厨房的抽屉里。

逐渐地，清晰一点点收复失地，我们越来越难留住朦胧的感觉。雾气消散，潜水员浮上了水面，漂流者熟悉了海岸。除去一开始的几秒外，一天很快便变得明亮而清晰。一开始，我的早晨和以往经历的一样，我能感受到周围的空间，新的一天就这样慢慢展开，我仍然可以抓住朦胧而灰白的清晨的感觉，但只能维持很短的时间。早上知更鸟的鸟鸣声，也开始从四五个声调，逐渐变成三个，也许最多只叫了两个时，我的朦胧的感觉便被打破，随之我便记起了一切。我的意识会引导我搜寻整个空间，我会走到窗台边，向外看早晨的场景，看树上的鸟，看房子和街道，看着外面的人们一个接着一个以一种固定的模式按次序在11月18日登场。这使我确定，对他们而言，是第一次经历这一天。

我的早晨迎来了锐利而清晰的视野，但这种视野并不是我想要的，我想要灰白色的晨光和在朦胧混沌中开启的一天，在这里没有时间，没有记忆，也没有计划，但这已经不可能了。仅仅经历11月的几个鸟鸣声后，空间便变得明亮而清晰，一天自此无处遁形。视野是如此清晰，床单、房间与温柔的晨光不再带有模糊的感觉，而是变成了11月18日的物件，成为这一天清晰而锋利的附属品。躺在我身边的托马斯也不再是在充满不确定性的清晨沉睡的我的爱人，而是我渐行渐远的爱人。一天又一天，我每天都要面对他惊讶的眼神，解释对他而言又一个不同寻常的早晨，我尚未失去的爱人正渐行渐远。我自己也不再是那个半睡半醒、充满活力、安静而快乐的塔拉，而是再次回到破碎的时间中的塔拉。时间又一次回到那个需要向托马斯解释发生了什么的时刻，我又要看到他的不安，然后我又要赶紧说，他不需要担心，我现在在这里，我们在一起，没有人死亡，也没有人受伤。我回家了，什么也没发生在我身上，我们还活着，只是时间断裂了……

我已经失去了我可以在晨雾中开启的一天，现在的清晨尖锐而清晰，带着色彩，妆造齐全。有时我一醒来就是这种状态了，有时模糊的感觉会持续几秒钟，但我已经完全无法靠任何方法延长它了。随后这一天变成了第68次、69次、70次、71次的11月18日。

到最后，清晰而锐利的感觉扑面而来，再也没有模糊、过渡的场景。我努力告诉托马斯发生了什么，但我的说法开始变得模糊而不完整。我试图说没有人死亡，也没有人受伤，烫伤已经好了，只留下一道红色的小疤痕，试着告诉他不应该感到不安，但我的声音中就带着不安。逐渐地，我开始以锐利的眼光去看，开始找寻解释，不再有雾气笼罩这一切。我感到无助，感到孤独。

然后我就来到了这里。就在那个早晨，我一醒来就立刻确定发生了什么。我在熟悉的房间里醒来，一模一样的灰白色光线，那安静的晨雨，外面的那些鸟儿发出秋天的鸟鸣，那短促的序列我已经十分熟悉，但在失去了睡意的滤镜中，这一切都是那么突兀。我敢肯定那是第76次，因为在那一天我用圆珠笔在笔记本上做了当天的标记。我在客卧的桌子上，也就是那个面向花园、苹果树和柴火堆的房间里找到了那支笔。

76天是那么多，距离是那么远。我拿着笔记本站在厨房，意识到我们之间已经相隔了那么多天。我想去找一支铅笔，它原本应该和笔记本一起在抽屉中，但那一天它不在那里。我看着笔记本上那一长串的线条，在那一刻突然就再也找不到另一支铅笔，拿来再做一个标记。我把笔记本放回抽屉里，叫醒托马斯，告诉他我回来了，没有人受伤或死亡，我们之间隔着的只是几天而已。我无法继续我们之间的这种循环重复。雾气散去，眼前的风景清晰而锐利。我知道我们已经回不去一起醒来的那一天，这已经不是同一天了。

把这些想法理顺后，我从卧室拿上衣服和那些书，小心翼翼地走下楼梯，几乎悄无声息地打扫了厨房，拿出我回家后一直放在包里的一个空塑料瓶，冲洗了一下，然后打开水龙头，慢慢地往塑料瓶里灌满水。我把那些书收集起来放进包里，然后从厨房桌上拿起那本画着各种横线标记的笔记本，把包扛在了肩上。家里安静极了，我小心翼翼地来到玄关，拿起外套和靴子，然后打开客卧的门，走进去，关上了身后的门。

我在床上躺了5天，不知道发生了什么，但我觉得这是个来自我大脑漫长而痛苦的问题，我的大脑已经用尽了所有力气去留住早上那种不确定的朦胧感，留住那种幸福的雾气状态。我记得我的意识中发生的一幕幕，这是一种没有方向或停歇的疯狂的受直觉驱使的理性，我的意识围绕着各种细节与模式开足马力，疯狂运转，不停地评估、分析着各种技术数据，列举各种事实，密集地归拢各类事件，并总结我在这一系列的11月18日所经历的大事小情。

这就好像在雾气时期，被我和托马斯抛之脑后的所有早就应该做的深思熟虑、复盘思考，现在一股脑儿地、争先恐后地翻涌进来，让我陷入一种理性的亢奋中。我曾经搁置的问题现在原原本本地卷土重来，从我和托马斯经历的这些天里不断地调取信息。

我已经太了解这一天中屋外的天气和各种事件，我从记忆中提取了关于街上各色的信息，我记得鸟儿什么时候移动，记得风吹过树枝的声音，记得雨停了又下，记得房屋一角的花盆在石板上被风吹来吹去。

现在有新的细节添加进来，在我的记忆高负荷工作的同时，我的大脑收集了一个人在这一连串的“一天”中发出的各种声音：一个人在整个房子里走来走去的声音、地板上与楼梯上的脚步声、开抽屉的声音、塑料袋发出的窸窣而清脆的声响、一只手或者胳膊擦过墙壁的声音、水管发出的嗡嗡嗡的声响、开门和关门的声音……这是各种动作的集合、一整天模式与细节的积累。这一切折叠堆砌成一个连续不断的问题，这是一种对逻辑的打磨、一种冷静的狂热、一种自动运转的大脑活动，这种大脑活动无须我的干预便可以自行组织与推理，差不多就像一个无须人工干预的数据处理器。我的大脑中有些领域一直在不停地工作，就好像在推进一个建造项目，它几乎带有痛感，使这一天破碎，然后从破碎的表面中收集信息并把它们搭建成一种新模式，一个新的宇宙。

时不时地，我被一种几乎用尽全部力气的绝对疲惫感压倒，这种感觉来得很突然，令我直接进入深度睡眠。当我再次醒来后，很明显没有做任何梦，并且不会经过任何过渡阶段，便直接继续开始不断收集并处理信息。

我不知道发生了什么。我把这一天归集整理起来，我重建了这一天，也许我正在为适应另一种时间体系做准备，也许这是神经在重新搭建、意识工具在校准、脑细胞之间新突触在生长、受体在产生、信号物质在演变、时间感或许在重塑、大脑在延伸，或者陈旧体系正在被推倒。我知道什么呢？我知道这感觉就像我是一个建筑工地、一个蚁丘、一个蜂巢或是一个活动表满满的实验室。我知道我偶尔会吃点或喝点什么，但不多。不过我发现了托马斯祖父留下的几包饼干和几罐杏子蜜饯。我应该是在夜里或者托马斯外出时从厨房橱柜里拿的，具体什么时间我记不清了，但我记得我有时会走进厨房，用塑料瓶接满水。我还记得我偶尔会爬出窗户，在花园的棚子后面撒尿，并且我依稀有印象的是，当托马斯不在时，我有时会在房子里走来走去，但关于这件事的记忆很模糊，我不完全确定。在那些日子里，我记忆最深刻的就是不停地磨砺，仿佛我从第一个11月18日以来所经历的这些日子都被浓缩了，仿佛所有的信息都叠加在一起，储存在我的记忆里。这些是我俩一起度过的所有日子。这些是托马斯在夜里一一忘记的日子，我之前试图摆脱并搁置它们，但它们仍然留在我的意识中。

雾气消失了，奇怪的日子结束了。我明白，我无法长时间维持清晨那不确定而朦胧的灰白色光线，我已经将过去和未来拒之门外，我一直处于一种人类的微光中。那些没有锐利特征的朦胧清晨消失了。那段在海底的时光再也找不回来了。那片雾气，它是最强烈的幸福，我现在想来，它也要求我们处于最诚挚的天真中，要求我们在愚蠢呆滞的空间中徘徊，要求我们让自己被充满钝感的温柔包围。

我在客卧的床上躺了5天，然后我就回来了。那是第81次11月18日。我可以看到我在笔记本上用圆珠笔画了五道，我依稀记得自己站在桌子旁，以几乎无意识的方式在笔记本上做了个标记。我感觉，自己是在每天上午托马斯出门后做的标记，但我并不确定。现在，我坐在房间的桌子旁，数了所有的横线，然后不再用笔又画一道，而是写下了“#81”。好像我在追求精确，好像我必须一一数出这些日子，我觉得必须用数字表示它们，我不再满足于笔记本上的一道道横线。

早上我醒来时，已经沉浸在逐渐熟悉的大脑活动中，但我的脑海中开始涌现出一些词，例如“理性的亢奋”“逻辑的打磨”等，它们在我的脑海里不断嗡嗡作响。

后来我开始注意到房间的四周，我意识到自己躺在床上，能听到雨打在窗上的声音，然后我察觉到淡淡的汗味、没刷牙和衣服没洗的气味。我记得自己环顾四周，然后意识到了这些气味是自己散发出来的。我还记得我感到很冷，并意识到躺在这里的是浑身发冷的塔拉·塞尔特，我觉得这是早晨的寒意。过了一会儿，我听到托马斯从楼梯传来的声音，然后我就知道了：一切没有任何变化。我知道他什么时候会打开水龙头，把茶壶灌满，然后把它放在炉子上。

当托马斯在下午出去后，我走出房间。我听着客厅传来的音乐声，听到他从玄关的地板上拿起包裹，然后听到他离开了家。现在的我已经是另一个人。我的大脑已经平静下来，我饿了，而且需要洗澡。我走上楼，冲了个澡，换了衣服，然后下楼到厨房切下一片面包吃。我在冰箱装蔬菜的那层找到一个梨，这肯定是从雾气状态的那几天到现在一直放在冰箱里的，我把它切成两半，再切成四块，一块一块地吃，然后我坐在客厅里等待托马斯。我知道他这一天的安排，我知道下雨的时候他会回来，但我仍然说不准具体的时间。

雨真正开始下起来后不久，我看到我们的邻居沿着栅栏过去，然后托马斯就出现在我的视线里，他浑身湿透，没有带伞。我赶紧来到走廊，打开灯，打开门。

我们在门口见面了。他惊讶地看着我。我帮他脱掉湿透的外套，告诉他我回来了。我从卧室拿了一件毛衣，泡了一杯茶，把他拽进客厅坐下来，我和他讲着巴黎、菲利普·莫雷尔与玛丽，讲着那几本消失的书和古罗马硬币。我讲述了我们奇怪的雾气状态的那几天，描述了雾气的消失和景象锐利而清晰的早晨。我说到我在笔记本上做的那些记号以及我在客卧的经历，告诉他我现在已经是另一个人。我的大脑运转与之前不一样了。我拉着他来到客卧，这里的空气中还残留着我的气味。地板上有几包饼干，还有几罐我吃过的杏子蜜饯。我说我需要他的帮助。我给他看了笔记本，上面有一长串铅笔道，然后是五条圆珠笔道，下面写着“#81”。我说我必须记录时间，我必须知道时间是如何连接的。我谈到了逻辑的打磨、理性的建造现场、大脑的开发工作、声音的收集、意识的数据处理器……我告诉他，我必须找到时间的空洞，必须知道如何逃离出去，如何回到正常前进的时间体系中。我告诉他我相信他可以帮我。

我能看出他相信我。我已经和之前不一样了。这就好像我大脑中已经扫出了一条路，铺了地砖，清理了灌木丛，修了一条路，铲了雪。我不知道为什么会这样，但我能做的只有继续向前。我必须找到答案，必须找到解释和出路。我开始相信，如果我能看透这些机制，我就能让这一天回到原有的正常向前的轨道中。

我们用27天的时间研究了这一天的机制。早上，我一醒来，便看到眼前的景象锐利而清晰，眼前的这一天有近景、中景和远景，但它们都十分清晰。甚至在我躺在托马斯身边睁开眼之前，我就意识到发生了什么事。我起床，来到楼下整理前一天的观察结果。我叫醒托马斯并向他解释了一切，总结了我们的调查并讲述了主要结论。他必须帮我，为什么不再有朦胧的雾气。我一定要追问，循环是如何发生的？这是一个可以解释的事件，还是一个巧合、一个意外事故？时间的断裂在哪里？在时间开始断裂的那天我做了什么？有没有导致这一切的元凶？什么事情出了错？如果是的话，到底是哪件事不对？

但11月17日没有什么怪事发生啊。我去了波尔多，买了几本书，然后去了巴黎。11月18日也没发生什么啊。我早上醒来后，吃了早餐，读了报纸，看到一块面包掉在地上，那天我买了几本书，把其中两本放进包里。那天我拜访了一位朋友，或者更准确地说是两位朋友，我不小心烫伤了我的手，然后给托马斯打了电话，敷着冰块睡着了。

我们找不到不对劲的地方，找不到时间断裂的原因。没有解释，我找不到解释，托马斯也找不到解释。我们可以发现新的模式，可以发现各种不规律的现象，但就是找不到解释。托马斯处在规律的世界中，焦躁不安的那个人是我。

从第一天起，我就很明显地感到我的身体在时间体系中伴随着我。我的手在菲利普店里留下的那道烫伤，随后变成了一个疼痛的小伤口，肿胀，渗液，结了一层痂，然后在脱落后，留下一道红色疤痕。慢慢地，日复一日，红色疤痕逐渐收缩，逐渐变小。每当我在11月18日早上醒来时，手上都有这个伤，从来没完全好过。这个伤口的变化就和你所能预想的烫伤那样，随着时间的推移，每天都会发生一点儿变化。时间也在我的皮肤上起了作用，当我在浴室镜子前观察时，我注意到了我的头发，头发长长了。我之前并没注意到这一点，但现在我可以看出我的头发长了，虽然长得不是很多，但它的变化依然明显到让我十分确信。镜子里，我的脸看起来还是一样，就算有什么变化，也很微小，观察不到。但随着这一天天的推移，头发长了。

这是可以理解的：随着一天天过去，我的烫伤正在恢复，头发越来越长。时间流逝着，我的身体也随着时间发生变化，就和时间断裂前一样。我的指甲长长了，我依稀记得自己拿着指甲刀站在浴室，但那发生在雾气时期的那些天里，那时我的记忆是灰白而模糊的。但现在，事情变得十分清楚，我剪了指甲，或者应该说，我在浴室的水槽旁又一次剪了指甲，就好像时间正常运转一样，它们变长了。我把时间一小块一小块地剪到水槽中，然后打开水龙头，把它们冲进下水道。

然而，托马斯每天都没有任何变化。虽然我们在一起度过的日子每一天都不同，但这些天没有一天留在了他的记忆中，也没有在他的身体上留下任何印记。它们在夜间悄无声息地统统消失了，片叶不沾身。每天早上他醒来时都和前一天一模一样。我们生活在两种时间体系里，我们的身体也生活在两种不同的时间体系里。这不仅仅包括记忆，还包括身体。

我们周围的事情更加混乱。我在11月17日波尔多的拍卖会上买的那些书留在了酒店房间的桌子上，就还在我前一天放下它们的地方没有动，但我到现在也没搞清楚18日买的《饮用水历史》和桑顿的《天体》是怎么回事。我不清楚为什么它们先是在第一天晚上自己回到了我之前买下它们的那两家古旧书店，而第二天却和我待在一起，稳稳地在我的枕头下。为什么它们在接下来的几天都毫不费力地留在了我前一天放下它们的地方？起初我小心翼翼地随身带着它们，生怕它们会消失，但很快便把它们放在了客厅的桌子上，仿佛它们是属于那里的，好像它们被训练过要待在那里一样。

正是这些不规律的现象让我们感到困惑。很多东西又回到了起点，那个取暖器和蓝色燃气罐又回到了菲利普·莫雷尔店面的后边，就连上面的灰尘也恢复了原状。那枚古罗马硬币消失不见了，我到处找了，但都没有找到它。我敢肯定它现在就在菲利普·莫雷尔店里柜台上的那个盒子里。但如果说那枚古罗马硬币回到了它原来的地方，为什么我的包、我的衣服，以及所有我带到巴黎的东西都没有回到我在11月18日最初放下它们的酒店房间里？它们一直待在家里，每天早上都在前一天我放置它们的位置。第一天晚上，我的包一直在客厅的地板上，后来是在卧室的角落里，现在它就在我旁边，靠在墙上。那些书放在床边的那张小桌子上。仿佛在这一系列的混乱中，我却能携带着它们，把它们拉进我的时间体系中，让它们保持冷静。

我们没有找到明确的规则与模式，这让我很烦。我想要找到一种模式并打破它，但我们发现了太多可疑之处，无法看透这一天的机制，有太多灰色地带和没有找到答案的谜团。

很清楚的是，当我一天又一天地收集并记住我们循环度过的每一个11月18日时，其他所有人在第二天早上醒来时已经忘记了它们。我已经没法特别清楚地记得被雾气笼罩的那些天，它们在我的记忆中流动着，但也并没有完全消失。

我记得我们做过记号。当我们把一些东西用光时，它们就发生了变化。有一次，我们没法找到我们经常买的那个牌子的咖啡，它售罄了。于是我们买了另一种，但我们之前明明在克莱门汀·吉鲁街的那家小超市的货架上买到过我们经常喝的那个牌子的咖啡。我们之前买走了货架上最后的橙子巧克力，到了另一天，架子是空的。我记得我感到很困惑，为什么它们没有重新出现？但我们买了其他种类的巧克力，买了纯巧克力、黑巧克力，买了薄荷或焦糖巧克力。

有时，东西却回到了起点。我们买了架子上的最后一瓶橄榄，把它放在厨房的橱柜里。第二天它却从家里消失了，我们在超市的货架上再次找到了它。我依稀记得我们又买了它，打开包装，吃了一些橄榄当午餐。我记得好像那个半空的玻璃瓶在第二天留在了冰箱里，但我并不十分确定，因为这不是我们在充满雾气的那几天留心调查的事。

我们之前也没有调查过我们的银行账户，现在它每天都会回到没消费前，每天早上的余额都是一样的。尽管我们采购的绝大多数东西都在当天晚上入了账，但第二天早上这些消费记录便又从银行账户中消失了。我们在第一天早上就注意到托马斯的手机里没有我们之前通话的记录，而且我记得在回克利希苏布瓦的火车上我的手机就出现了问题。没过一会儿，手机就完全开不了机了。但毕竟我不需要手机通话，我们就也没再关注这件事，因为还有其他事要考虑。我们要考虑那些雾气朦胧的清晨和雨天，我们有更重要的事情要处理。当我们的谈话中涉及这一天中反常的不规则现象时，我们很快就改变了话题。

但我现在已经不想再逃避这个话题了。我想知道，想要答案。托马斯很犹豫，但我执意这么做。我们把采购的东西放在厨房里，打开一部分，不打开一部分，分类记录并观察。通常，我们没有打开的东西会在夜间消失并返回到我们之前购买它们的地方。我们在晚上把东西拿到卧室，我把买来的一瓶橄榄放在窗台上，把一个没拆包装的牙刷放在我的枕头下。第二天早上，牙刷连带着包装没动，但那瓶橄榄不见了，托马斯前一天放在厨房橱柜里的一袋茶也不见了。

很明显，这一天回到了它的起点，但也不是毫无变化。这种回归起点并不是僵硬固化的，而是以另外一种形式回归。同一天又重复了一遍，但它并没有完全冻结。我记得前一天的事，而托马斯忘记了。我在时间中移动着，而托马斯没有动。各种东西遵循不同的规则与模式，并不是简单的整齐划一——这就好像这些东西都在犹豫着，迟疑着，好像它们在时间的各种可能性之间摇摆不定，时而在正常向前的时间体系边缘，时而在循环的时间体系中。

我们寻找着令这一天循环的那个时间点，但循环并不发生在一个固定的时间点。它并不发生在午夜时分，也许发生在清晨，但我们并没有找到让一切逆转的这个神奇时刻。它并不是在午夜12点的那一刻，也不是夜里差10分2点，也不是凌晨4点35分。它并不是准时准点的，也没有任何规则。

每天早上我都会叫醒托马斯并告诉他发生了什么事。我说他必须帮助我，因为我已经进入了另一个时间体系。我说，也许我的大脑被重新构建了，我必须寻求帮助，因为仅凭我自己的力量无法想通这一切。我们必须找到一个解释。他必须跟我一起思考。

在我从客卧搬回来几天后，有一晚我们彻夜未眠，托马斯成功跟着我进入了第二天。在午夜时分，什么也没发生，托马斯还陪着我。他记得我们之前经历的那一天，记得到了11月18日之后的一天，而不是认为自己在18日的开端。

到了夜里1点，什么也没发生；2点钟了，什么也没发生；3点钟我们开始感到疲惫，但向彼此保证一定要保持清醒。我们在厨房做饭，喝咖啡。我们高声为对方朗读，一起洗澡。如果我们从一个房间走到另一个房间，一定跟着彼此。下楼时我们一起聊天，上楼时我们手拉手。我们没有让对方离开过我们的视线，时刻保持警惕，一起行动，做什么都在一起。那晚我们就像连体双胞胎、一对马、两个正在合力把树干锯倒的森林工人。我们想一起进入下一个11月18日，我们想一起走出11月18日。我把全部的注意力都集中在托马斯身上，他没有任何机会忘记我和他一起在家的这段时间。

然而，在5点多一点儿时，他肯定有那么一刻分心了，或者我肯定什么时候没留神，因为他突然以为自己刚才睡着了。我们躺在客厅的地板上，躺在那个黑白图案的地毯上。他转过身躺了一阵，与此同时，我的手仍搭在他身上。突然，他的身体震了一下，冷不防猛然动了一下，这种震动穿过他整个身体，就像一个人睡着时会发生的抖动一样。但我并不觉得他睡着了，因为他震那一下时，正把话说了一半，当他再次把身体转回来时，才说完那句话。他看着我，有点儿困惑，就像一个被惊醒的梦游者。他问现在几点了，今天是什么日子，问我们喝了什么，他感觉不太舒服。没过一会儿，他问我什么时候回家的。显然，他忘记了我回家的事。他问我怎么比计划的早回来了，是不是夜里回来的，怎么回来的？

他没有留下任何记忆，不记得我们在夜里洗澡、喝咖啡，不记得我们在疲惫中的谈话，也不记得我们在夜里吃的那一餐。他的记忆中没有连体双胞胎，没有那对马或那两个森林工人。我们之间又有了距离。时间中有一个空洞，但看不出来这个洞是如何发挥作用的。就因为这么片刻的疏忽，托马斯就失去了他的11月18日。他的记忆再次被抹去，不是由于睡了整整一夜，这也不是缓慢地消散，这就好像他的11月18日突然一下掉进了夜的裂缝中，掉进一道突然裂开的深渊中。但我们看不出它是如何发生的，我们找不到时间的缺陷，找不到一个合理的解释。

我把整件事情又告诉了他一次。我说时间发生了断裂，说我们正在从内部调查这个问题，说我们已经深入挖掘了细节，说我们不能再躲在被雾气笼罩的一天天中，说他必须帮助我，说没有人死亡或受伤，问题只在于这个时间体系，在这个时间里到处都是谜团、不规律怪象、混乱的机制，就像一个未知数过多的谜团方程式。

然后我们在客厅睡着了，日上三竿才醒来。先醒的是托马斯，他记得我一早告诉他的一切，但是我们一起共度的那一天、那一个晚上和我们夜里的调查都消失了。他只记得早上我跟他说的话：时间断裂了，他必须帮助我。当我醒来时，他已经在很认真地想了。

我们一起度过了下午，一起逛街，一起回到家，一起讨论时间体系中的各种细节，然后我再一次坚持要找到时间的缺陷。

当天晚上我们又一夜没睡。由于已经在白天睡了很久，我们的思想敏锐，神清气爽。我们写下观察结果并密切关注着最微小的细节。到了夜深时分，我们煎了鸡蛋，面对面坐在厨房的餐桌旁。我们讨论着每一个细节，确保我们的关注点保持一致。我一只手握着煎锅，眼睛紧紧盯着托马斯，看着他往煎锅里倒油，然后从冰箱拿了鸡蛋。他把鸡蛋磕碎，把它们打在煎锅上，先打了一个，然后是另一个。我一直看着他的手，我们谈论着我小心翼翼地从透明蛋清中捞出来的那片蛋壳，谈论着煎蛋边缘的油冒出来的小气泡、蛋黄上亮闪闪的薄膜、火候的分布、鸡蛋凝结的白度与透明度，过了一会儿，当蛋白的白色凝结触及蛋黄边缘时，撒上胡椒粉和盐。我们谈论着小时候，当我们和妈妈或爷爷在厨房里打出一个鸡蛋时，特别是打出一个特别大的鸡蛋时，突然看到两个蛋黄一起滑到碗里的那一刻，当时的我们是多么惊喜和激动。我们谈到养鸡，我们的花园地方够大，完全可以在菜园的最里侧放一个鸡窝。在我们找出盘子和餐具时，我们谈论着盘子和餐具发出的声音，谈论着瓷器和金属发出的声音。我把煎锅从火上拿开，托马斯找来了一个隔热托架，我把盛着煎鸡蛋的煎锅放在桌上，我们面对着坐下来开始享用美味。

我们收集着各种细节，仔细留意着一切。我们的目光注视着对方，看着桌子，看着我们之间那个空空的煎锅。在我们坐在桌旁十多分钟后，我们开始谈论周围的物体。我们想知道那些东西是先后消失的还是同时消失的。托马斯觉得，也许在此刻，家里就已经有一些东西从其他的房间消失了，回到了它们原来的地方。我们说着应该去看看，但并没有动身。我们说到相机可以记录下变化，说到了爱情，爱情能让奇迹发生，爱能把我们从时间体系中带进来或带出去。

突然，煎锅不见了。我愣了一下，环顾厨房，却到处不见煎锅的踪影。我起身，就在这时，我听到托马斯的一声惊呼。他想知道发生了什么，他焦躁不安，并不是处在半梦半醒的状态，也不是出于疲倦。他只是焦躁不安，他不记得自己为什么坐在厨房里。在我们 17 日晚上通过电话后没过几个小时，他就躺下睡觉了，而现在他却坐在厨房里。我明明应该在巴黎，而现在我却在厨房找煎锅。

我顾不上煎锅，在托马斯对面坐下来。我解释了发生了什么，当我拽着他沿着漫长的时间轴，从我的第一个 11 月 18 日讲到我们刚刚吃完的煎鸡蛋时，我看到他慌乱不安的神色。他体内没有一丝刚刚吃过煎鸡蛋的感觉。实际上，他现在居然感觉有点儿饿。我坚持着我的说法，我给他看了冰箱里的托盘，里面不是放着6个鸡蛋，而只有4个。我还给他看了一张收据，上面写着11月18日和6个鸡蛋，我给他看了时间。然而，垃圾袋里并没有蛋壳。蛋壳不见了，但我们刚才煎鸡蛋用的炉子上的金属仍有点儿发热。我们之前采购的收据一直在我包里，没消失到别的地方。时间中存在不规则现象，不可能找到能解释它的规则与模式。

我第一次觉得这很可怕。它不仅令人感到眩晕、诡异和有点儿捉摸不透，我还感到了可怕与恐惧。一切都变得毫无意义，魔法失灵了，迷雾完全消失了。这种感觉和当时在酒店看到面包掉落时内心的不安不同，也与我们之间被雾气笼罩的那些天不同。我们不是在烟雾缭绕的场景中的徒步者，也不是潜水员或沉船。我们不是双胞胎，不是一对马匹，不是森林工人，也不是鸡蛋里的双黄。如果我们在美索不达米亚，两侧的河流已经被分别命名并流回各自的河床。天气晴朗，阳光炽热，河流干涸，你可以感知到军队的阵形，它们在岸边巡逻，队影轮廓清晰，发出金属的声音。我们生活在两种时间体系中，它们之间的差异是显而易见的。有些领土彼此毗邻，存在边界争端与难以管控的跨区域贸易。我们是漫天炮火与冲突中的恋人，托马斯完全不记得我们在一起的这些天，我们无法创造雾气时代、洪水与烟雾朦胧的清晨，我们找不到一起前行的路，我们根本不是相伴而行的，也不是被雾气笼罩的或平行的。我无法找到对于这些事情的解释或时间运行的模式，也完全找不到出路。

我们再次徒劳无功地试图理解时间的缺陷，我们再次躺下入睡，醒来后，托马斯又一次记得我们在清晨的谈话，但别的全忘了。他记得在厨房里的困惑，记得我的叙述与冗长的解释，记得我对我们调查事无巨细的描述。但他关于我们晚上和夜里的记忆再次被抹去、擦掉，消失在夜间的裂缝中。

接下来的几天也是差不多的情况，我猛一下醒来就能记起发生的事情。我从床上醒来，看着身旁正安然睡着的托马斯。我起床后下楼来到客厅，并制订这一天的计划。我整理着前一天的观察结果并将其与更早之前的那些天比较。我制作各种统计图与表格，勾画着各类数字和列表。我把记录的信息挂在客厅的墙上，并用红色或绿色标记一天的问题。

然后我叫醒了托马斯，告诉他发生的事情。我感觉到了他的不安，他迟疑着，而我十分坚持，于是我们在这一天中展开了调查。在上午，我向他展示着最重要的观察信息和我们之前调查的结果。我向他展示了时间模式的图解，并给他看了我统计的这些天发生的各种事实的图表。在这一天里，我们讨论了各种可能的解释，画了折线图并搭建起一套体系，我们也做了柱状图和调查总结。但到了第二天早上，当托马斯再次在他的“第一次”11月18日中醒来时，他已经忘记了一切，我不得不再次讲述发生了什么，再次重复描述我们的调查目前进展到什么程度。

我们的客厅变成了控制室，墙壁成了记录信息与数据的背景板。黑白图案的地毯成了我做简报和总结的地点。窗边的扶手椅成了我们的员工休息室，我们在工作期间需要短暂休息时就坐在那里。白天，我们记录着观察结果和事实，晚上，我们整理当天的思考。我们概述了各种细节与变化，发现了规则和偏差。我们画线标记重点并划掉不需要的信息。然而，这一系列调查并没有结果，或者更准确地说：它们产生了太多的结果、海量的观察数据、无法被合理解释的各种细节，以及永远不完全说得通的解释。

关于我们生活在两个不同的时间体系这件事，已经是个事实。另外一个事实是，当这一天再次开始时，只有我才知道存在两种时间体系。直到早上的汇报结束后，早餐时的简短介绍与对客厅的列表、图画和表格的详细复盘结束后，托马斯才明白我要求他参与的是什么。还有个事实是，边界是流动变化的，并不存在一个确切的转换时间。我们可以一起度过一夜，但时间迟早会再次循环。事实是，有时世界上的物体会跟随我，而有时却会回到起点。这些物品的行为是不规则的。如果我在前一天晚上让它们靠近我的身体，它们伴随我的概率会更高，但时间机制中仍然有不可预测的成分。

我们问着尖锐的问题，寻找能够解释11月18日发生的各种事件的理论，讨论各种观点和人的意识是否会产生障碍，思考我的脑海中是否产生了一系列虚构的记忆，或者其他所有人是否都进到一种健忘状态，我们是否已经被卷入一股精神紊乱的浪潮。我们提出各种相反的论点，阅读关于平行世界和时间可变性的研究，查到了对时间断裂与时间循环的描述。我们研究关于平行宇宙、多重世界和相对时间结构的理论，发现了有关记忆形态学和罕见的失忆性时间病变的报告，讨论着重复理论和记忆缺陷。我们观察意识的进程、这一天中发生的事实、循环世界中各式各样的物体以及时间的顺序，并收集了各类理论与解释。

其实，我们并不缺乏解释，而是已经找到太多太多解释，但就是找不到能够经得起批判性核对，并能够一次性同时解释我们观察到的所有现象的说法。我们所有的调查都无疾而终，每次当我们想出一个全新的说法时，最终都会以失败告终。各种说法各有各的缺陷，缺乏连贯性，并总能找到与之相左的事实，总有矛盾和悖论。当我们试图把收集到的所有信息搭建成一个整体时，找不到一个完整的体系，没有一致性，没有一种理论能够和我们在这一天所经历的所有事实完全和谐共存，我们无法建立连贯的体系，也无法确信任何一种模式，我们所有详尽的解释都不得不被一一排除。每当我们再次走到死胡同时，都会回到同一个事实：托马斯无法摆脱遗忘法则，而我的记忆中已经积累了太多的日子。托马斯被困在永恒之中，而我则正在缓慢而毫无疑问地消耗着时光，一步步走向属于我的坟墓。

我对一切突然回归正常的希望正在随着一天天的流逝一点点破灭，尽管托马斯有时在早上和上午的某些时候相信时间的断裂只是暂时的，但当我们思索了一整天，一直想到晚上后，他通常会对时间恢复正常不再报以希望。雾气时代里那些天的印记已经几乎消失，如今的11月18日中已经不再有温柔的片段，关于时间无常的欢声笑语也几乎不复存在，不再有可以躺着倾听温柔夜色的夜间时分，我不再评论夜晚传来的各种声音，不再有心思预测一系列夜晚声音的准确顺序，托马斯也就不再因听到我没有丝毫差错的预言而突然在黑暗中躺着大笑。

如今乐趣已经不再，剩下的只有占据我们这一整天的漫无目的的调查。我们在一次次尝试去洞察时间的奥秘中无功而返，不得不一次又一次放弃回答太多疑问。通常——一般是当我们在厨房做饭的时候——我们会放弃我们一天中想到的解释并开始思考我们将会走向何方。我们能一直在一起吗？我可以每天早上见到托马斯并告诉他累积得越来越多的重复的一天吗？我可以不断告诉他层出不穷的新解释、一次又一次被推翻的纸牌屋、越来越窄的出路与一个又一个死胡同吗？

然而我记得，在这一片混乱之中，突然出现了一线希望，这是关于转变的微小想法，我想着有一天我们会在11月19日醒来，或者突然一起突破到1月或2月的某一天。时间一定迟早会回到它不断向前的进程中。托马斯在第一个晚上就这么说过。有时，我或者托马斯会凭空重复他的这句话，这里面并不带有讽刺或苦涩，我们的声音中也没有失望或消极与感伤，而是带着希望，带着普通却又极易识别的希望。有时我们发现自己身处一小片迷雾中，这一刻就像我们刚开始的那些天一样。有时我们有一种理解了时间的感觉，觉得我们能洞察问题并找到解决方案。但在内心深处，我很清楚我们被困在了死胡同。我们已经回不到那些雾气朦胧的日子，无论我们进行了多少观察并搭建了多少体系，也找不到任何站得住脚的解释。

我又和托马斯在一起待了27天，此时我意识到我必须自己一个人调查这件事。在我们在一起这么多天后，我第一次不得不开始独自制订计划。我还不知道需要做什么，但我知道我不可能继续在每天早上向他讲述这重复而无休止的一天中发生的一连串变化。我们无法在11月18日继续在一起陪伴彼此了，这是我必须自己扛起的一天。

那天晚上，在托马斯刷牙时，我收拾了行李。当他脱衣服时，我把控制室拆了，把我们的统计图表和各种记录堆在一起，放进一个棕色纸板箱里。当他在浴室时，我赶紧把我的包和那个装着各种纸张的箱子放进客卧。我把厨房打扫干净，让它看起来就像托马斯在他第一个11月18日醒来时应该看到的厨房一样。我从花园的树上摘了几个苹果，把它们放在厨房桌子上的一个碗里，接着把厨房橱柜中茶叶袋里的一半茶叶倒进一个空罐子，把它藏在几袋面粉后面，然后清空了冰箱中所有11月18日采购的东西。

第二天早上我搬进了客卧，那是第108次11月18日。天还没亮，我就醒了，我躺了很久，在清晨的一片黑暗中听着托马斯熟睡的声音，我轻轻地起床，转身整理羽绒被，把它抚平，让它看起来和从来没被使用过一样。我整理好衣服，溜下楼梯，小心翼翼地打开客卧的门，把衣服放在椅子上，取走客厅里堆放的书，抹去我在家里留下的最后痕迹。在客厅里，我拿走了落在地上的几枚图钉和一支红色记号笔，然后到厨房拿了一个杯子、一个盘子和一些餐具，把它们放在客卧的桌子上。我从玄关拿来外套和靴子，然后走进客卧，关上门。很快，家里就再也没有我留下的痕迹，只有卧室被子下还残存着一点儿体温，这轻微的温差会慢慢消失，当托马斯醒来时，这体温会彻底消失，我在他11月18日中的痕迹会被遗忘。

当我在几个小时后从客卧的床上醒来时，我能听到托马斯从楼梯传来的脚步声。他醒了，又一次遗忘了所有，开始一个普通的11月18日。而我在客卧中醒来，迎来我第108次11月18日。

第124次

夜深了，我在托马斯上楼前关了屋里的灯，但我并没有睡觉，而是躺在床上等待。当我确定他已经睡了，我便开始继续书写。我坐在桌边，把台灯打开。现在，我已经把11月18日写了一遍又一遍，但仍然没能来到19日。我一整天都能听得出来，外面总是同样的声音，我总是在同一天醒来。对于这种模式我已经再熟悉不过，这是11月18日的模式，我的大脑已经习惯了它。

周围的空气还十分凉爽，托马斯这时打开了客厅的灯。我能闻到从门缝下透过来的淡淡烟味，这是烟囱特有的气味，应该是某一个风向或者突然的一阵风把烟吹了下来，但这股烟味很快就消失了。我吃了一点儿干面包，这本应该是给鸟吃的，但现在已经没有富裕的东西给它们吃了。不过等到下午，当托马斯打开客厅的音乐时，我会溜出家门，从克莱门汀・吉鲁街的那家超市买面包给鸟吃，我会趁着托马斯还在外面时，抓紧时间赶回家喂那些鸟，有乌鸫、知更鸟、大山雀、北长尾山雀等。我想买些果仁和面包，买些球形的山雀鸟食或其他任何可以给饥饿的鸟儿充饥的东西，毕竟我吃了它们的面包，必须得找点别的什么喂它们。当鸟儿吃东西时，我肯定得洗个澡，也许还可以做个蛋卷，我得记得买鸡蛋，也许还应该买个平底烤盘，角落里有地方正适合放它……或许，句子有治愈作用。今天是“#124”。明天我写“#125”，后天写“#126”，我只能去顺应它，除此之外别无他法。

我能感觉到我今天的心情忽上忽下的。我觉得我有点儿起床气，但这也肯定有睡眠不足的缘故。我看了看房间四周，冲着房间的一片狼藉笑了笑。我的靴子在地板正中，地上还散落着衣服和纸张，桌子上有几个盘子和脏杯子，一支铅笔掉在了椅子下面的地上，桌上还有前天夜里削铅笔的碎屑没收拾干净。除了疲倦之外，我还能感受到那么一点儿欢快，这感觉就好比虽然你在自己留下的一片狼藉中醒来，但你知道这不是一个问题，因为混乱的背后是有原因的，你在做重要的事，才留下了这片混乱。

事情一团糟，因为我全部的夜间时光都被用在记忆上，因为我卡在了11月18日。上午已经快过去了，托马斯一定是在我睡觉的时候出去了，我并没有听到他离开或者回家的声音。我坐在桌前，桌上有一沓纸，我在上面写下了今天是11月18日，我的名字叫塔拉·塞尔特。这感觉就好像我不再是自己一个人，好像有人在倾听。我的这些日子并没有被遗忘，它们真真切切地存在着，我经历的这些日子就存在于我的这沓纸上，它们并没有在夜间被抹去，这些纸记得它们，我可以看到上面写着这样或那样的各种数字记录着11月18日，但从来没记录过19日。

我写下了我所记得的一切，写下了这些重复的日子，写下了我对11月18日的全部了解。但现在我不确定是否有必要了，因为自从我进入到第108次以后，就再也没发生过任何别的事件。我在早上醒来，看着窗外的雨和花园里的鸟儿，听着家里的各种声音。下午，当我听到客厅传来的音乐时，我便离开家。之前有一天，我开始写道："这是11月18日，家里有一个人。"但到了现在情况仍然是这样。我已经到了没有什么可说的地步了。我也努力了好几天，尽力记住这一长串循环往复的一天又一天，但现在，剩下的只有那沓纸和房间里的满地狼藉。

现在，我不能再说什么了。关于某件事，或者更准确地说，关于塔拉·塞尔特，我没有办法再说什么了，因为我不知道过去发生了什么事，也不知道未来。但我认为这种情况会不断持续下去，循环往复。我想今天会像其他所有那些日子一样，当这一天过去后，又会迎来另一个11月

18日，然后就以这样的形式一天又一天地过去，如果有一天我写下“#365”，一年就过去了，然后再次轮回到11月18日，到那时会发生什么呢？

我不知道。虽然说我太了解这一天了，我可以精准地说出片刻后的天气是怎样的，我知道家里在这一天中发生的所有事，我能预测鸟儿和雨云，知道下午过到一半时，米尼奥莱广场的市集上会有哪些蔬菜摊，我知道都有谁会在快到下午4点30分时，在克莱门汀·吉鲁街的超市收银台旁排队等着结账，也知道都有谁会在差10分钟5点时，踏上“小小咖啡馆”的台阶。但我无法预知我自己的未来。我只知道，我会在面向花园和柴火堆的房间里醒来，醒来后的心情和以往完全不同。总之，我现在是带着忽上忽下的心情醒来的。是的，我一醒来心情就忽上忽下的，这是前所未有的。

第129次

不过之后还是发生了一些事情。在11月18日中独处的塔拉·塞尔特每天早上都在忽上忽下的心情里醒来。这种情况几乎每天都会出现，虽然并不会持续一整天，但我能感受到，突然一下它就会跳出来。今天也不例外，我有点儿烦躁，也许是无聊，但这让我很高兴，因为我周围是开阔的，有能容纳下我心情的空间。这感觉几乎就像有人住在我的心里一样。这种忽上忽下的心情像是在翩翩起舞，裙子传来一阵阵风哨声，我转啊转，即使空间不算大，但我的心里仍然有足够的空间让情绪发生转换。现在它又变了，欢乐轻快的情绪在房间里蔓延。

第136次

我并不是说我已经完全失去希望，希望只是不那么经常过来串门罢了，它已经从这里搬走。但这种现象的发生没有那么极端，希望并没有把门重重关死，而更像是一只动物找到了其他狩猎场，像是一只猫搬到了邻居的房子里，像是一棵植物将种子传播到了更适合它生长的地方。

我的这种心情和希望是不同的，它不能取代希望，但也并非毫无作用。我从城里的厨具店买了一个电热水壶和一个平底烤盘，还买了一个煎锅。我失去了希望，但换来了煎锅。

通常，我在醒来时就能感觉到自己的情绪涌现出来，但我很少感知到希望。我并不会在早上醒来时希冀也许今天就恢复正常了，也不会期盼我可能会在19日醒来，或者可能跨越到另一种早晨，比如12月或1月，抑或是直接来到霜冻时分的2月或跨到3月的一天。我并不会满怀希望地走到窗边去看天气是否发生变化，实际上，我已经很久没有在入睡前憧憬醒来后可能穿越到另一天的场景了。

我并不是说我已经失去了希望，只是说它很少出现。它无法在我干坐着等待时自己如约出现，我也不能把它呼唤到我身边。但有时它还是会回来，以一种出乎意料毫无征兆的方式，就像今夜一样。

这一切发生在我走到外面的花园时，当时已经是深夜了，我偏偏要小便，于是我打开走廊尽头的门，溜了出去，走向花园。天很冷，我赤脚走过草坪，走过苹果树，走到树篱旁。天空的绝大部分都被云遮住了，我在黑暗中小便完，起身后立刻想回屋，但就在那一刻，云朵散开，原本藏在云朵后面的月亮露了出来。

这并没有什么奇怪的。托马斯和我已经在夜间出去过好几次了，我们偶尔注意到月亮，它的形状总是一样的，那是一个弯月，一侧有点儿弯曲，朝着新月的方向转变。然而，当现在云层移到一边，月亮出现在天空中时，它看起来突然和以前不一样了，变得更弯了一点儿，我觉得好像它残缺的部分变多了一点儿。我突然有了一线希望：一弯残月，正朝着正确的方向变化，有一种时间已经开始正常向前推进的感觉。

我在寒冷中驻足，因为又有一片云遮住了月亮，但是这片云散去后，月亮又变得和原来完全一样了。希望的灵光一闪也随之消失了，并没有变化，这只是我搞错了，月亮还是那个11月18日的月亮。我溜进家门，回到屋里，在垫子上蹭了蹭湿漉漉的脚，进了房间，以我能做到的最轻的力度，悄无声息地关上了门。

但我觉得有些事情已经改变了。回归到向前时序的希望，幻化成在半夜出现的惊喜。它以一种突然袭击的形式，展现给我昙花一现的景象，顷刻间不见了踪影。

我能感觉到心绪的涌现。首先是悲伤，一片小小的黑暗进入了我的脑海，它类似于阴影，但以某种方式飘动着，它能转换成一种十分微弱的快乐。回到床上后，我感受到了一点点悲伤，不过这种情绪没一会儿就让我笑了起来，这是无声而犹豫的笑，仿佛我不知道究竟是我在笑，还是这个世界在笑。这就和当你被别人讥讽或嘲笑时一样，突然你意识到自己所处的情境，然后你就会情不自禁地参与其中，跟着笑起来。

当我回想起那夜的感觉，回想那种瞬时产生的变化与希望的感觉，然后又突然循环到那个一模一样的弯月时，我不禁觉得世界愚弄了我。这感觉不仅仅是我犯了个错误那么简单，更像我被愚人节的玩笑愚弄了一样。好像是月亮变换了一下表情，“做鬼脸”的时间刚刚够我以为出现了什么不同，然后它立刻就装作若无其事，只是高挂在天上，面无表情，如同扑克脸一般。我不知道我怎么才能相信月亮实际发生了改变。但一想到月亮在跟我恶作剧，一种欢乐的情绪就会涌上心头。当我意识到自己是多么容易被捉弄时，我不由得十分安静地笑了起来：一个傻瓜就这样轻易地被天空的愚人节玩笑所捉弄。谢谢你，月亮。

第146次

我已经陷入一种规律的节奏，早上醒来后，我听着托马斯在家里的各种声音。当家里安静下来时，我的内心也感到平静。当他的声音消失时，我就开始在家里移动。在他上楼后，或者当他打开浴室的水龙头时，我会用水壶烧水，因为水箱里的水声能掩盖住我的声音。当打印机打印字母和标签时，它发出的声音可以掩盖住烧水的声音，不让烧水声传出来。托马斯离开家后，我便在房子里走来走去。我们达成了一种节奏，我们相互配合得很好。这是一种不能被打破的节奏。当我被音乐声隐藏起来时，我便会出门，因为开门声会被音乐声掩盖。我打开购物袋时，会发出窸窣而清脆的声响，但音乐声也能确保这声音被掩盖住。

我还没有找到逃脱11月18日的出路，但我已经找到了贯穿这一天的各种大路和小路，找到了我可以通行的小通道和隧道。虽然我无法逃离出去，但我能找到里面的路。

我发现自己身处于一个可预测的世界，它适用于一种固定的模式，模式中的各种细节不断涌现。我在家里家外流动着，出来又进去。我在这一天中流动着，我是流动的。我让自己随着一天的各种声音流动，就像液体一样，液体自然会流向有空间的地方。

我听着托马斯在家里的脚步声，我们之间几乎没有任何距离。我数着日子，但我们之间的距离并不会因此拉长。我已经身处于他的一天中。我们有节奏而和谐地移动着，我们演奏着一曲二重奏，或者说我们简直就是一支功能齐全的管弦乐队，我们交替演奏着雨声和晴天的鸟鸣声，演奏着汽车驶过的声音和花园里鸟儿的声音，演奏着水龙头打开时水管发出的嗡嗡声。

现在一切变得更加简单。我只需跟随他的一天，只需保持这种节奏，只需不打破这种模式，只需在听到楼梯上的脚步声时醒来，只需在他给信件和包裹打印标签时将水烧开……我拥有这些声音和他的动作，只是时间被打破了。我们在一起，只是家里的几堵墙将我们分隔开。没有人死亡，也没有人受伤，这些也不是我们谈论的事情。我们不需要句子，只需顺应音节与节奏。我听着房子里的节奏、楼梯上的脚步声，听着大大小小的雨滴打在窗户上的声音。我们需要音乐，需要节奏和沾着雨水的音节。这是可以用听觉感知的：我们是一支无声的管弦乐队，现在我们正在演奏，你听。

第151次

当托马斯在厨房时，我能听到我们之间的联系。他在家里各处发送信息，播放的音乐传遍整个房子。他在传递我能听懂的声音，它们听起来像流动的水声，像金属与金属碰撞的声音，像冰箱门撞击桌子的声音，但这是他所演奏的音乐会，我也以一种十分安静的方式，跟他一起演奏。

当他坐在客厅时，我们之间的距离是最远的。有时，我会突然有一种想要克服这种距离的冲动，我想站起来打开门，摧毁这一切，想打破我们的这种节奏。但我知道，如果我去客厅的话，我们之间的距离反而会变得更远，所以我不会这么做。我不会突然出去把这151天一口气抛在我们之间的地上。我不会突然出去，试图把他从他的模式中拉出来。我会适应这种距离。我坐在床上看书，我知道他很快就会再次靠近。当我可以把我们之间的距离保持在这么近时，为什么要把这151天一口气抛在地上呢？

当托马斯在玄关时，他离我实在太近了，但这种近距离很快又会拉远。他端着茶杯从这里走到那里，他从挂钩上拿起外套，从地板上捡起包裹。我平静地呼吸着，感到自己很安全。他不会进来到这里，不会在进来后发现被他遗忘的那151天。他靠近了，但还是穿门而过。我感到很安全，因为我们之间的日子就这样平安无事地一天天过去，因为托马斯在他的模式中清净地遗忘了所有。

我能听到楼梯上的脚步声，过一会儿，我就能听到他在楼上走来走去。我感觉他并不遥远，因为他的每一步都在天花板上散播着，就像一种穿透房屋架构的低语声。只有当他在客厅时，他才变得过于遥远，只有当他在玄关时，他才变得过近。

夜间时分，我们之间的距离最近。当托马斯睡觉时，只有天花板隔在我们之间，此刻，在我们身处的两种时间之间只隔着一条细细的线。我身处在一个让这个世界保持开放，让我们之间的距离尽可能短的房间里。我的天花板被他称为地板，他的地板被我称为天花板。但这只是用词的不同，对我们而言，它并不是距离，而是一条将我们连在一起的线。

这只是一座带有很多房间的房子。房子里有一个人，他的名字叫托马斯·塞尔特。他从一个房间走到另一个房间，用他的模式演奏着音乐。他为谁演奏？ 他在为我演奏。

第157次

这些日子很容易就过去了。它们飞舞着，而我怀念着它们，但只是轻微地怀念。我渴望，但只是一种微微的渴望。这一天的细节变得越来越多，它变得越来越可预测。我有如数家珍般熟悉的感觉。我对越来越多的细节如数家珍。我知道这一天是如何推进的，知道这一天里的各种声音，以及声与声的间隔，知道光影的移动和雨点的强度。当阳光透过来时，我看到光线把房间照亮。我听着风吹动花盆的声音、乌鸫左右逃窜发出的叫声和两条街外的一辆车发出的低沉的声音，随后又是同样的声音，但顺序不同：雨停，汽车，鸟；后来是风吹过树枝的声音，花盆被吹的声音，短暂停歇后，便又是汽车的声音；再后来是风，花盆，长长的停歇，汽车的声音。不知不觉中，这一天就过去了。

第*164*次

如果我保持平静，日子很容易就一天天过去。也就是说，我没有在这些天里做任何事情，它们都是自己过去的。早上我什么都不用做，只需在笔记本上写下一个数字即可。我不必浪费笔墨描写这些日子，纸上保留着空白，当我什么都不说时，时间过得更快。我漂流过这一天，或者说，这一天漂流而过，某件事或者某个人漂流过。我吸了一口气，觉得已经不再需要句子了。我听着这一天按照它的模式进行，不知不觉间这一天就过去了。

第176次

我感觉好像速度正在加快，加速的幅度不大，不是突然加速或升到极快的速度，仍然很平静。我只是顺应着这一天，别的什么也不做，不知不觉间这一天就过去了。

第179次

日子在一天天流动，我也随之流动。我醒来并遵循我的模式，不知不觉间这一天就过去了。

第180次

我数着这些日子，它们刚一来到，就很快一个接着一个地消失了。我把一天的数字写在笔记本上，不知不觉间它就过去了。我不知道为什么要数日子，但又不敢不数。我觉得我一定要抓住这些日子，也许可以从一系列数字中得到帮助。它就像一根绳子，你可以借助一根绳子把自己从井底拉上来，但如果没有人抓住绳子的另一端，就无济于事，仅靠一根绳子是爬不出来的。

第181次

这里又黑又安静。也许是井底的眩晕感，让时间流逝着。有种缺氧的感觉，空气是潮湿的。你完全不敢相信：这一天中的细节太多了，时间过得飞快。你可能会以为在黑暗之中没有细节，那是因为你没有考虑到声音，或者没考虑到从上面透过来的光，这是一小片天空。或许我只是在等待绳子变得足够长，等待它积累足够多的天数，等待它变得足够重，重到在我把它扔到上面后，它能落在上面，一直顺延到底下这里，然后会有人发现它，开始把我拉上去。到这一步需要多少天呢?

第185次

有时我仍然在想，也许就是今天，也许我会在19日醒来。但也可能我根本不会在19日醒来了，也许会跨到11月18日后的几周或几个月之后。也许我只需要保持冷静，让时间自然流逝。也许时间会像泡泡一样涌上来，突然就到了5月或6月，我从晨光中醒来，时间泡泡被鸟儿的叫声吹跑。或许我会在8月的一个夏末早晨醒来，周围的一切都呈现出与11月不同的声音。也许我醒来时会听到托马斯走在楼梯上，经过了夏日长时间的洗礼后，楼梯踩上去会发出声响，如同所有旧楼梯都会嘎吱作响一样。

我突然想起了夏天的声音，我记得楼梯的这种嘎吱作响。当空气中有湿气时，就听不到这种声音，整个冬天都没有这种声音。但到了夏天的某个时候，楼梯开始嘎吱作响，这是因为木头变干了。你不得不小心翼翼地行走，尤其是当有人睡觉，你却需要上下楼时。如果是半夜或清晨，一切原本都很安静，如果你没有小心翼翼地、悄无声息地用脚踩上楼梯，然后谨慎地一步又一步地行走，那么这种嘎吱作响声便会充满整个空间。这种声音，向你诉说着现在是夏天，表达着这个楼梯已经存在很久，它已经承载了几代人在上面上下行走。但当夏天结束时，在9月中旬或10月的某个时候，楼梯的这种声音就消失了，湿气渗入木头。秋天带来了风，也使楼梯变得寂静无声。

现在我想着夏日光景里的声音，想着那远去的声音和沉睡的声音。我多希望这一年能够苏醒，希望它能回来，希望它能渗入我的11月18日。但我什么也做不了，只能保持冷静，让日子自然流动，只能让时间自己冷静下来，让它自然回到正常的轨道。制造噪声也无济于事，你并不能用这种方式让一年苏醒。我无能为力，只能让日子以极其缓慢的速度在11月18日的某个角落慢慢苏醒。不需要句子，也不需要一连串的数字，需要的只是冷静。嘘……

第*186*次

但如果不需要句子，我为什么会坐在桌前描写夏天特有的嘎吱声呢？如果数日子没有用，为什么每天早上当我听到托马斯把水壶放在炉子上时，就要写下一个新数字呢？

也许我的这些句子只是形同于反复拨打一条始终无人接听的求救热线，或者像是一次次地尝试着给一个永远不会回电的人留言。

也许我写下的这一连串数字压根儿就不是一根可以用来爬出井的绳子，也许我已经站起来了，这一连串数字是我沿着深渊绝壁行走时可以抓住的一道道扶手。如果我漏掉了一天，扶手就会断裂，我会跌入深渊。所以我每天早上都要写下一个数字，然后沿着身处的深渊绝壁攀爬逃生。但我要去向哪里呢？什么时候才会有人回应？

第199次

我担心这件事会发生，现在它就发生了，还出现了好多次。我开始跟着托马斯，当客厅传来音乐声时，我就准备出门。我朝着超市走，像往常一样购物，但突然便走向邮局，然后我会在托马斯进邮局时等着他，等他出来后，我会继续跟着他，一直跟他走到森林后，便转身赶紧回去，决心一定不写下这件事，同时告诫自己不要再这样做。

第204次

这种事不是每天都会发生。我努力不这么做，但有时我无法克制我自己。我出去购物，一开始沿着托马斯不会走的那条只属于我自己的路行进，但随后我会转向，朝城里走去。然后我来到市场，突然我就会想起我们一起穿过城市走的那条路，想起我们在熟悉的摊位采购，与在这个广场上摆了很多年摊、从托马斯还是个孩子时就认识他的那些商贩交谈。他们向我打招呼，并问起托马斯。之后我想起我们是如何去到“小小咖啡馆”坐下来的，我想着我必须去接他，带着他一起，这样我们就可以在下雨时坐在咖啡馆里。我想到此刻他正在几条街之外自由地逛着。我走上了那条我本应该远离的路，我在不该转弯的路口转了弯，沿着他的路线，在街的远处发现了他。我看到他消失在邮局黄色的大门里，我等待着，向后退缩了一点儿，在邮局对面的狭窄街道上等着。我可以透过邮局的玻璃窗看到他，我看到他出来了，之后便跟着他，直到突然我转身掉转方向，并再一次暗下决心决定以后不再这么做。

第207次

但它仍然会发生。我远远地跟着他，他带着信件和包裹行进着，我与他保持距离，但总感觉自己好像离得太近了。后来我还是走得离他越来越近，直到看到他打开门走了进去。

我能感觉到我的双腿在晃动，我的脚、我的手发出摩擦声。我感到忽冷忽热，上气不接下气，几乎快要晕过去了。我想要转身，却穿过了马路，沿着邮局对面的人行步道走着。我能看到他在里面。我试着缓慢地深呼吸，如果我稍微伸展一下身体，就可以透过窗户看到一切。他正在与柜台前的一个人说着什么，是一位女士。这位女士看起来是那么轻松而平静，好像她不知道自己有多么幸运。她可以像什么都没发生一样跟他说话，轻松而毫不费力。她可以轻而易举地离他如此近，她能清晰地看到他的脸，她可以抬头看，不用担心会昏倒。

我赶紧过去，以免被人看到。我想继续往前走，但最终我还是穿过了马路。我靠近那扇黄色的带有金色金属栏杆的门，门上的窗户是磨砂的，透过门看，他只是门后的一个阴影，但我知道他站的位置。我可以看到一个轮廓，我知道那个轮廓就是托马斯。

我向旁边走了几步，试图继续前进，但还是转身又回到了门口。我伸出手，抓住门把手。门很重，我感到了阻力，但随后它就开了。他已经把包裹放在柜台上，我听到那个女人的声音，话语温柔，我想她应该是在提问。就在托马斯回答完问题的那一刻，我就不能再站在那里了。他的声音让我往后退，然后我松开门把手，摇晃着靠在墙上，随后转身沿着玻璃窗往回走，不再朝里面看。

我没有看到他出来，并且我确定他也没有看到我，因为我正沿着人行步道朝相反的方向走。然而我能听到门在他身后关上的声音，那扇门在托马斯身后关上，此刻，他手里已经没有包裹。此刻，托马斯正离开邮局。此刻，托马斯放开了那扇黄色金属门。那扇门被触碰后，履行着它的职责，慢慢地回归原位，铰链安静地闭合在一起。

但这不是我。我不会封闭自己，我没有铰链，也无法抓住什么人。当他消失在街道拐角处时，我停了下来，稍微转身，然后我站在那里，几乎感到愤怒，因为我无法移动我的腿，但能转动我的身体，就这样看着他消失在街角。

他没有看到我，他没有看到我转身，也没有看到我在挺直身子后，过了一会儿开始慢慢地走。这是因为他走了另一条路，他绕过街角后，朝着森林的方向走去。而我没有跟着他，因为我需要很努力才能让自己保持直立而不倒下，我走了几步，然后停下来，把手抵在墙上。

正是这种失去的感觉让我摇晃。这是对失去事物的渴望，而我对此却无能为力。

只有当我顺应这些声音，才能承受住这种失去的感觉。然后我才能清晰地思考，尝试找到解决方案、答案与出路。我可以就坐在房间里，让日子一天一天过去。

第219次

我不再跟着托马斯了。这样的事之前又发生过几次，但现在我已经不再这样做了。有一次，我在晚上来到外面的花园，透过客厅的窗户看到了他。窗台上有一尊托马斯从他祖父那儿继承来的半身像，我不知道它代表着谁，但当时它就放在那里，可以让人躲在后面。我站在它后面，准备好向后退，以免托马斯转向窗户时看到我。但他并没有转身，现在我知道他在客厅是如何移动的了。我见过他拿着书坐在椅子上，知道他什么时候会再次起身，什么时候会去厨房。我曾站在黑暗中，看到他从椅子上站起来，把木头放进壁炉，然后离开客厅。我看到从烟囱中升起的炊烟穿透外面雨水的情景，如果我往后退上几步并向上看，就可以看到这般景象，前提是需要等托马斯在厨房时才能看到。我可以向后退，两步，三步，也许四步，然后便能看到一股细细的螺旋状的烟雾在烟囱周围盘旋。房子另一侧的路灯发出的光让烟雾变得肉眼可见。如果我继续往后退，便可以看到整个房子，屋里的窗户透出灯光，我可以看到客卧中的光亮，里面空无一人。

当我站在花园里时，天空开始下雨，于是我走进工具棚，坐在里面等托马斯上楼。我坐在一个木箱上，棚子里面朝花园的门敞开着，当光线稍有变化时，我便知道他已经在楼上开了灯。我走出棚子，小心翼翼地打开后门，溜了进去。我听到楼上冲马桶的声音，我关上门，把门锁上，只发出了轻微的咔嗒声，然后打开客卧的门，走进去，关上了身后的门。

但我不再这样做了。我不再跟着他，也不再在夜间透过窗户看他。当我看到他时，我们之间的距离就拉远了。而当我遵循自己的节奏时，当我聆听着他制造出的声音时，当我跟随着音乐，并让自己自然而然地度过这一天时，我会更轻松地漂流过这一天，就这样伴随着他的节奏，我们的节奏。我早上醒来后，聆听并追随着这些声音，不知不觉间一天就结束了。

第223次

我发现了一件令人毛骨悚然的事，或者更准确地说，这并不是我发现的，因为我一直都很了解它，而是我发现了它令人毛骨悚然的另一面。这是一个我无法解决的问题——这座房子里有鬼魂，还有怪物。鬼魂是托马斯，而怪物是我。

每天晚上，当托马斯从雨中回来后，当他把外套挂在前厅后，当他换完衣服并将湿漉漉的衣服放在楼上的暖气片上后，当他把柴火放进客厅的壁炉，并再次点亮它后，当他完成了他的模式所需的所有这些操作后，他将来到下一个地点。他穿上了一双橡胶靴，因为他平常穿的鞋子还是湿的，正放在壁炉旁边烤着。那双橡胶靴就在前门旁边，他穿了上去，打开门，穿过前院，来到工具棚。他在棚子里翻找了一下，我猜他是在找一把铁锹，但他没有找到，而是发现了用皮绳挂在钩子上的一把农作物泥铲。他带着它，出了棚子，来到花园。雨下得十分安静，他沿着花园小路快步走到韭葱和瑞士甜菜的苗床前，将泥铲深深地插在一根粗壮的韭葱旁，把那根韭葱从土里撬了起来，然后把它拔出来。他将泥铲在石头上敲了敲，抖掉一些泥土，然后赶忙回到棚子，把泥铲挂起来，从一个盒子里拿出几个洋葱，再从顶棚下方的网兜里取出一根青葱，走出棚子，经过厨房的窗户，进了屋门后随手关上了身后的门，拿着韭葱等走进厨房。

这已经稀松平常。他的一天就包括这些情节：他从花园里挖了一根韭葱，从棚子里取来洋葱和青葱。我知道是这样，因为我看到了韭葱被挖走后留在土地上的那个坑，以及在工具棚里挂着的那把农作物泥铲上还残留着新鲜的土壤。我听到他在花园里的声音，听到他在棚子里翻找着，听到金属撞击石头的声音，因为当他在外面时，我就站在房子的另一边听着。我看到了一块扁平的石头，上面沾着被雨水泡松了的小土块。

回到家后，他在冰箱底部找来两根胡萝卜，还找到了一个肉汤块，然后切了洋葱。我知道这个情节，因为我在厨房的垃圾袋里看到了肉汤块的包装纸，还在肥料收集箱里看到了洋葱皮和胡萝卜皮。他做了一份汤，为此他得用上他的韭葱，他把它切成细片，以一定倾斜的角度。我知道这个情节，因为他总是以倾斜的角度去切。他在一碗水中洗着韭葱片，然后把它们放进汤里煮。

这倒没什么奇怪的，只是每天早上天亮的时候，那根韭葱就又长出来了。它就矗立在花园尽头的一排韭葱里，没有丝毫被碰过的痕迹，也没有被切割的痕迹，它就准备着从土壤中被拔出来。事情就是这样，我已经习惯了这个想法。

昨天下午，趁托马斯不在家时，我从那排韭葱的另一端拔了一根韭葱。我把它切碎，接着烧开水，在水中溶解开一些肉汤块，再加入刚切好的韭葱，煮好它，然后在客厅的窗边喝了我煮的汤。

今天，那根韭葱消失了。就像普通的韭葱那样，当你把它从地里拔出来，切开，煮熟，吃掉后，田地里自然会少一根。我来到外面的花园，走到苗床边，那根韭葱已经不在那排韭葱之中了。这本来不应该是令我感到惊讶的事情，但突然我就发现了不对劲儿。我们在一起的时候就是这样，东西被吃掉后就消失了，好像我们在吞噬着世界。但当托马斯独自一人时，什么都不会消失。原来我才是那个让它们消失的人。一定是这样的，我生活在一个正在吞噬着世界的时间体系中。

如果没有我，托马斯的日子便又会回来了，世界被修复了，韭葱又重新长出来了，我敢肯定洋葱也是一样。棚子里的东西太多了，多到我数不清，但如果我仔细查证，结果肯定是一样的。如果我想知道的话，可以数一下，但没有这个必要了。我已经知道了。我知道如果我自己从棚子里拿洋葱，它们就会消失。我知道是这个结果，因为我看穿了我们的本质：托马斯是一个鬼魂，而我是一个怪物。事情就是这样。时间运作了这一切。如果没有我，托马斯就是一个鬼魂。而我就是一个怪物，一只野兽，一只害虫。

这件事我之前并不是不知道，我并不是没看到过变空的货架，但现在这成了一个问题。这是个至关重要的问题。如果托马斯是鬼魂，而我是怪物，那么我们之间的距离比我想象中还要远。托马斯在世界上没有留下任何痕迹，而我把世界吞噬掉了。他是家里的鬼魂，而我是客卧里的怪物。如果我走出去的话，我们就会变成两个怪物。我会把他拉进我的怪物世界，我们吃着两人份的饭。我是那个能改变世界的人。他是鬼魂，鬼魂会离开，然后再次离开。怪物践踏着、摧毁着世界。我坐在面向花园和柴火堆的房间里，所做的并不多。然而，我仍然在消耗这个世界，而托马斯却生活在一个可以自我修复的世界里。我留下一串串痕迹。我已经变成了一个吞噬者，一个有限世界中的怪物，一群蝗虫。我的小世界到底还能支撑我多久？

第224次

我已经无法再顺其自然地“漂”过这一天了。就好像白天变得太短，或者我变得太沉重。我仿佛变得庞大而畸形。怪物不能在一天中“漂”出去又“漂”进来，怪物不是流动着的，它不能跑到这一天的空地里。它溢出来了，它变得越来越大，它无法在这个世界上隐藏。怪物摇摆着，它跺着脚，不可能安静下来。它无法在安静的室内，在管弦乐队中演奏。怪物又慢又重。日子开始变得越来越慢。我正在填满室内，我不再能漂流。我，正在减慢速度。

第225次

或许我俩都是鬼魂，我满怀希望地这样想着。也许这一切都是幻觉，我是自以为自己是怪物的鬼魂，而托马斯是自以为自己是人类的鬼魂。也许其实我们是同类，我再次充满希望地憧憬着。我们生活在一个到处都是鬼魂的世界里，鬼魂所享用的韭葱，有时会被消耗，而有时会在第二天重生。我们是同类，没有怪物和人类之分。我们都只不过是鬼魂，只是自认为自己是怪物或人类罢了。这种想法要么适用于我们两个人，要么同时不适用于我俩。

或许我其实只是在巴黎那家酒店的床上睡着了，梦见自己是一个在静止的时间体系里吞噬我所处世界的怪物。我到底什么时候才会醒来？能不能有谁叫醒我？

第226次

但这并没有用。我无法设想这只是我的梦境。如果我开始这样想，我的世界就会被其他各种情境填满。我想象我俩都死了，这一切都是飘浮在半空的灵魂的幻象，或者我想象着托马斯早就已经离开了11月18日，他前行的时间中已经不再有我。他来到了19日和20日，来到了12月、1月、2月和3月，而我却在充满阴影的世界中徘徊，其他所有人则继续前进，仿佛时间没有任何破损。

但为什么会说他已经继续前行了呢？他明明仍然在这里啊。我能听到他从楼梯上传来的声音。他在这里，但我们不再是一支管弦乐队。我们已经不是同类，毕竟我是一只吞噬着我所处世界的怪物。

现在，我能感受到这一天的缓慢。我不是漂流过这一天，填补空白，然后流向第二天的液体。我们不是一支一整天都在演奏的管弦乐队，我们不是两个在房子各处起舞的人，我们不是两个做着不同梦境的鬼魂，我们也不是音乐。我们是怪物和鬼魂。随着我逐渐变大，我能感受到周围的墙壁在收紧，现在我不再确定这里是否还有我的容身之处。

第227次

正是这些词语造成了这种局面。一开始我们就像在朦胧雾气中的一对恋人，头晕目眩地四处游走。我们在11月18日里采购并找地方喝咖啡，我们在厨房煎鸡蛋，从超市货架上买了橙子、巧克力，然后东西就消失了。我是一只害虫，一只吞噬着我所处世界的怪物。我从花园里采摘蔬菜，蔬菜就消失了。我嚼啊嚼啊，嘎吱作响并溅起唾沫星子，口水从嘴角流出来，一直朝着下巴流下去。垃圾越积越多，货架却越来越空。怪物一天又一天地肆虐着，发出脆响和有嚼劲的声音。当我咀嚼薄脆饼干时，我能听到口腔里的这个声音。我对自己说，你听起来像一匹马嚼胡萝卜一样嘎吱作响，像一只猫在咀嚼干粮，像一条狗在啃咬骨头，像一只兔子在啃食碗，像一群昆虫在森林和田野中咀嚼着。我是它们的集合，我就是这一群群进食的生物，啃咬着，咀嚼着，上下牙切割着，就像动物园、拥挤的马厩、嗡嗡作响的蜂巢。

我听到托马斯上楼的声音，他没有留下任何痕迹。他采购了一次又一次，但都没有什么影响。他把面包切片，把韭葱切碎。他拿着塑料袋离开家，发出窸窣而清脆的声响。他在家里各处溜达，把脚踩在楼梯的每一级台阶上，但就好像他从来没有踏足过这些地方一样。我听到他在浴室里的声音，他是个站立着撒尿的鬼魂，纯粹是个能撒尿的鬼魂。这究竟是一个怎样的世界？

正是这些词语造成了差异。我曾经以为我是怪物，但现在我的身体在膨胀。我现在是谁？我是一只怪物还是只是房间里的一个人？我是一只害虫还是一个生命漫长的、能双腿行走的、有独立思考能力的生物？我听到了什么？我听到的是我丈夫撒尿的声音，还是鬼魂撒尿的声音？我真的听到任何声音了吗？声音并不大，这里很安静。他冲了水，水箱满了，水管发出嗡嗡声，画面就这样结束了。他停了下来，或者他已经蒸发为纯粹的灵魂，幻化为有生命的空气，但我还是希望过一会儿他下楼梯时我能再次听到他的声音。

是我的心情在为我选择这些词语，我们可以用心情一类的东西做很多事。它可以帮我们从整个调色盘中选择词语——它可以把语言称为调色盘，它可以为没有颜色的事物赋予颜色。我不和任何人说话，但我的世界获得了越来越多的细节，我从一个有许多声音的世界，从一种赋予事物色彩、传播扩散开的心情中找到词汇。然而，当你让事情变得有色彩时，它就会被填满。当调色盘的色彩溢出来时，词汇就太多了，这一天便停滞不前，变得越来越沉重、越来越缓慢。

然后，此刻，撒尿的鬼魂从楼梯上下来了。

第228次

当我需要采购时，我会去更远的地方。我不能再去克莱门汀·吉鲁街的那家超市了，因为我已经看到了结果：货架上空空如也，冰箱里也空了大半。这并不是什么新鲜事，这是在雾气时代的那些时光里就已经被记录下来的，它是有据可查的，它是在一天天的观察中经过检验并被写下来的。现在，在我到过的每一个地方都能看到这类痕迹，越来越多的东西消失了。焦糖巧克力已经吃完了，一些面包篮已经空了，面包区最底层的架子上只剩下两包脆饼，再没有其他东西了，因为其他的面包都已经被我拿走了。奶酪储存柜上的几种奶酪消失了，蔬菜区的西红柿也不见了，货架上发生的变化已经不容忽视。是我导致了这一系列变化。随着一天又一天过去，这一切以极其缓慢的速度推进着。

我尝试着分散采购物品，找到了以前从没有去过的店。我打破了习惯，开始吃平时不常吃的东西。我按照数量最多、货架最满的原则来挑选，买不知名的鱼罐头、一袋袋奇怪的粉末汤或以前从未吃过的饼干。

我思考着未来。我开始看着花园，看着还长着蔬菜的苗圃，看着结满果实的苹果树，看着尽管已经到了11月，还没来得及采摘的葡萄。我偷偷瞥了一眼花园里胡桃树下的地面，寻找本就没人需要的掉落的果实。我开始想象自己在未来会成为一个流浪汉，从一个地方流浪到另一个地方。我会成为一个这儿摘一点儿，那儿摘一点儿，这儿买一点儿，那儿买一点儿的流浪汉，然后继续流浪，几乎不留下任何痕迹。我认为这会持续很长时间，可能还会有很多个11月18日在未来等待着我。我很清楚，如果我开始在花园里觅食，我就会开始从鸟儿、从虫子那里抢吃食。但要是我不能让时间的断裂消失，要是一切永远都不会回归正常了，我又该怎么办呢？不过后来我意识到自己想得太远了，之后索性就不再想了。

第229次

有时我会考虑寻找另一个地方生活。我想起了托马斯的祖父，他从未搬出过这幢与托马斯祖母一起生活的房子。在他去世前，他独自在这里生活了十七年。他们过着同样的生活，遵循着同样的节奏。他们按照现在仍挂在棚子里的种植计划去种相同数量、相同种类的蔬菜，我们也一直在努力执行这份种植计划。从胡萝卜和欧芹切换到玉米和西葫芦，从玉米和西葫芦再切换到各种豆类，到第二年，调整到韭葱和瑞士甜菜，然后后年可能调整到卷心菜。他每年都会向托马斯解释这一切，后来在我们一起拜访他时，他也向我解释了这一切：今年的种植情况如何，这对明年的作物轮换意味着什么；种植不同作物对土壤的影响；不同的作物种在一起会有什么表现，金盏花有什么样的利他效用，以及莳萝和茴香更倾向于更宽松的栽培间隔。尽管托马斯以前已经听过很多次了，他还是耐心地站着听着。但当老塞尔特独自一人生活在这里时，他不得不把一些蔬菜送给邻居和朋友，因为花园里的菜实在太多了，一个人根本吃不完。

但他们是如何生活在同一幢房子里，特别是在一个人已经去世时？他们是如何年复一年地过着同样的生活？同样的房间，同样的日常生活，他们是如何做到的呢？他们做同样的事情，是因为共同生活在同一幢房子里吗？他们会分开住单独的房间吗？他们坐在那里时，是否可以听到去世的人在屋里走动的声音？去世的人到底离我们太近还是太远？他们能听到远处的脚步声或者手臂或袖子擦过壁纸的声音吗？他们认为这幢房子里有鬼魂吗？当另一半停止进食时，他们是否认为自己是怪物？他们会觉得自己还留在这个世界上是一个错误吗？他们是否认为自己必须耕种土地，必须不断地让花园生长出水果和蔬菜？

但我并不能耕种土地。我所拥有的只有一个雨天。我没有收获，也没有播种。没有任何东西会发芽或生长。我的季节已经过去了。在这些日子里什么也没有发生。它们只是流逝着，我也跟着流逝着，我吃着我所处的世界，听着房子里鬼魂发出的声音。

第230次

我不知道房间里是否还有容得下怪物的地方。日子变慢了，我的世界也缩小了，或者说我的个头变大了，我不确定。我不再像以前那样可以轻松地度过这一天，我的动作很吵。我在房间里发出的声音不是音乐，我不再是平静的管弦乐队的一员。房子里有托马斯的声音，客厅里传来音乐声，但我并没有在管弦乐队中演奏。

我不再跟着托马斯。由他自己穿过森林沿着河流散步。他冒着雨回来时，我就坐在房间里。有时我抬眼能看到一个黑影打开了大门，进门后又关上了它身后的门。

第232次

今夜我有种想出去的冲动，这并不是因为我想透过窗户看托马斯。夜已深了，他早已上床睡觉了。原因是我着急去厕所，因为我喝了比平时更多的茶。我从梦中醒来，梦里我在找厕所，但每次我都发现厕所隔间里有人。门半开着，我以为厕所隔间里没有人，但当我打开门时，所有的马桶上都坐着人。

当我从梦中醒来后，我走到窗前，想看看外面有没有下雨。并没有下雨，云朵已经散去，天空一片开阔，万里无云，可以看到月亮。还是那个熟悉的月亮，正朝着新月的方向转变。它没有改变，我认为我不会再看到任何改变。天空是一样的，它倒是在夜间发生着变化，就像现在的天空在变化一样，但过了这一夜，一切又都恢复原样了。

突然我想出去看看。我拿了毯子和被子，绕到花园棚子里，从花园椅子上找到了一个垫子，把它和被子、毯子一起放在后门前面的台阶上。当我在后花园的醋栗丛后面撒过尿后，我坐在台阶上，背对着门，身上裹着毯子和被子。一片新的云朵移到了月亮前面，但当它们继续移动时，月光在黑暗中清晰地照在我的被子上。

风已经停了。那个我一夜又一夜地听着被风吹响的花盆，倒是仍旧在那个位置，但相比于之前，它在沿着房子的石板路上移动了一点点。我之前应该没有在现在的这个时间点出来过，因为与我之前在夜里外出时的情景相比，此刻的声音更少，可以看到更多天空。我花了将近一个小时的时间，看着天空中的云朵飘过，云朵之间露出了一大片天空，然后又露出另一片。

我时不时能听到汽车的声音，有时在附近，但大多数只是远处传来的轰鸣声。除此之外，没有太多声音，只有树枝发出的微弱的沙沙声和花盆发出的平静的嗒嗒声。花盆在石板砖上被风吹得轻轻晃动，并发出塑料撞击石头的声音。

然而我还是睡着了，被子裹在身上，背对着关着的门坐着睡着了。我肯定是在睡梦中动了一下，因为我的头撞到了门框旁边的墙上，我突然就醒了。天还黑着，但我赶紧收拾好东西，爬回床上，现在我一觉醒来，新的一天早已开始。

第233次

当我在屋外的黑暗中坐下时，我首先注意到了寂静。我又一次在深夜中醒来，十分迫切地想看夜空。我疑惑了一会儿，又坐了片刻，总感觉花园发生了变化，然后我突然意识到，原来是风吹花盆的声音消失了。

与此同时，我想起昨晚在屋外办完事后，我把垫子放回了花园的椅子上，在去花园棚的路上把花盆拿了起来。我觉得我把花盆放在了花园棚里的架子上，我当时半睡半醒的，记得不是很清楚了。于是我起身去查看，果然，它在棚子里，或者更准确地说，在棚子一进门的最高处的一个盒子里，里面放着绳子、园艺手套以及装有种子的信封。

我又坐回到台阶上，把自己重新包裹好，布置好垫子和被子，下面铺了一块旧地毯，以防潮气，令我惊讶的是，花盆没有简单重复着18日的动作，并没有沿着石板砖前后移动。它与我没有关联，它一直待在那里，自己随风嗒嗒作响，它为什么要让自己停下来呢？我十分肯定我在之前和托马斯一起展开调查的那几天，曾经有一次拿起过这个花盆，将它放在了棚子里，并且我确定第二天它又自己回到了原处。但现在，它允许自己移动到别的地方，它不在石头砖面上移动了。很明显，一个声音就这样消失了。

我很快便放弃了寻求解释，回到了夜空的可预测模式。天空能给人某种安全感。它不像书本或花盆，它不像橄榄罐或饼干包装。不需要多做什么，它便是值得信赖的。它没有改变，我无法影响它，也无法摧毁它。它不会让我闯入，它也不在乎台阶上的怪物。天空充满了各种运动，充满了各种运行的天体，但没有任何东西发出嗒嗒声。即使天上有声音，就算真的存在天体之间的和声或韵律，它们也不会传到下面这里，毕竟距离实在太遥远了。

我看着星星和云团，觉得自己已经认识了它们的图案。一片云掠过月亮，同时在路的另一边的树木上方出现了更大的云团。一对云、一朵云、另一朵云、一对双云组合、两组同步运动的云……我觉得自己以前见过它们，就在那时，一朵云飘到月亮附近，月亮正好位于远处的电线杆上方。这片云朵飘过时，并没有触及月亮的最上沿，我坐在我的“瞭望点”上，确定天空中的运动与前一天夜里完全相同，只是没有了花盆声。

天空有它的模式，它会重演。你会有熟悉的家的感觉。你可以在黑暗中坐在台阶上看着它，也可以站在草地上，成为一个巨大空间中十分渺小的怪物。我能感觉到天空如何将我肩上的怪物斗篷移开。我变得越来越小，我移来移去的世界的小碎片变得几乎毫无意义。天空广阔无垠，宇宙敞开着，你变成了一个不起眼的怪物，只咬了巨大广袤的世界中极其微小的一丁点儿。

我在那里坐了很长时间，在我的台阶上醒来，感到温暖。我看了成群的云、小群的云和孤独的独行云。它们或是有清晰的轮廓，或是边缘溶散，柔软而没有明确的形状，一团团，单独或成对地穿过夜晚，飘过我不知道名字的星星。

天空已经打开了，真好。世界已经拿回了属于自己的一部分，真好。天空不允许自己受到在黑暗中四处游荡的小害虫的干扰。了解一个我们无法影响到的地方，真好。

我必须更仔细地看着天空。我想要了解它，我想要了解它们的名字和模式。我能一夜又一夜地回到这里，和天空熟络起来，而不能破坏它的机制，这可真是太好了。世界保持静止是件好事。

第234次

我怎么能说世界静止是件好事呢？我怎么能说这可真好呢？它不动，我就什么也做不了，岂不是什么也不会发生？这怎么能算好呢？逐渐地，托马斯被引开得越来越远，我们没有陪伴着彼此，这怎么能算好呢？我怎么能这么说呢？也许我应该在写下这些之前好好思考一下。这里，有某种东西值得思考。

第245次

我今天买了一台望远镜。在托马斯第一次出去时我就已经离开家了。很明显，克利希苏布瓦没有能买到望远镜的地方。不过，我还是沿着环路去了电子中心，在那里被告知，望远镜并不是最畅销的东西。我可以买到平板电视，可以买到扬声器和大型家用电器，可以买到笔记本电脑、手机和数码单反相机。如果我愿意的话，我可以买到搅拌机或酸奶机，可以买电热水壶或炉灶，但我很久以前就在城里的厨房用品店买过这些。

我并不经常绕着外面的环路走，因为我已经很长时间没有去到比市中心和连接森林开端的那条路更远的地方了。当我两手空空地离开商店时，我差点儿就要放弃我的计划回家，但托马斯在很久前就带着他的袋子回到家了，我很难在不被他听到的前提下进到家里。

索性，我转向火车站。天下着小雨，我撑开雨伞，突然想起自己在第二个11月18日晚上的那段跋涉。现在我肩上挎着和那晚一样的包，但它现在轻了很多，因为里面没有书，我把它们留在家里了。我突然开始犹豫，我正在离开的路上，我把托马斯和书留在了家里。我考虑了一会儿要是掉头回家怎么样，但当我到达火车站时，下一班开往里尔的火车只剩4分钟就发车了。我赶忙从机器上取出一张车票，冲上站台，在我有机会改变主意前跳上了火车。

火车上有一半是空的。当时是上午，从克利希苏布瓦往里尔方向去的人并不多。我没有过多考虑自己的外表。有时我在外面时会朝商店橱窗瞥一眼，以确保自己看起来还像个人。但我之前没有考虑过在火车上突然坐在一个人对面的情况。我面对的不是街上的路人，也不是快速提问和熟悉业务惯例的店员，而是一个有闲工夫的人，一个和我面对面坐着的人，也许他的脸就正对着我的脸。我突然觉得这很可怕，后悔上了火车。

幸运的是，我选择的车厢里只有三个人，而且有足够容纳下我们三个人的空间。我调整了自己的位置，让自己只能看到一个人的手臂和另一个人的行李，看不到他们的脸。尽管如此，在到达第一站前我还是去了洗手间，确保自己看起来是个正常人类，而不是怪物、外出执行可疑任务的神秘物种、来自其他星系的访客，或者身处完全不同时间体系的人。幸好乘客并不多，我不必感到不安。

在里尔，我有一种奇怪的异常兴奋的感觉。到达后不久，我便发现了一家经营鸟类用品设备的商店，里面有双目观鸟镜和书籍，还有各种各样的相机和望远镜。由于不再像以前那样受到经济因素的制约，我想同时购买一台高端望远镜和一台带长焦镜头的静音相机，但我抑制住了兴奋，最终买了一台我在橱窗上看到的功能合理、价格公道的望远镜。在我还在看橱窗迟疑着要不要进店里时，便被一个正好出门帮我扶门的顾客“拉”进了店里。

它是为新手设计的，但质量仍然很好，这和店员在我提出想买一台功能不太复杂的望远镜时给我介绍的一样。他说，它十分耐用，是一个很好的选择。尽管我看上去一定很像个理智型的人，但我自己并不这么认为。如果不是因为这看起来会太过扎眼，我其实很想购买他们店里的更多设备，并可能已经开始拍摄、观察鸟类或在复杂的显微镜下仔细探究世界的各种物体。但从表面上看，我显然貌似是另一种完全不同的顾客类型，犹豫而理性，并不那么热情或迫切希望以尽可能高的精度去观察世界的各种现象。

为了奖励我的这次理智型购物，店员送了我一本天文图集，上面简要介绍了星空和用我这次购买的普通望远镜能观测到的天体。我并没有说我已经有了1767年出版的《天体》，我觉得他不会认为这本书是适用于现今这个时代的。

我付了钱，带着望远镜准备离开这家店：我已经拆开包装、让店员为我演示操作、拆卸开并把它折叠装进一个奇特的喇叭形状的手提箱中，里面放着三脚架和各种其他配件。虽说这样有点儿高调，但十分便携。临出门的时候，我犹豫了一下，然后放开门把手，转身回去请求店员允许我把望远镜寄存在店内一角，同时我买了些其他东西。店员同意了，然后我又回到外面的街上。

在接下来的几个小时里，我急急忙忙地大量采购，这种购物速度与我在家时的这些天是完全不一样的。我逛了七八家商店，买了各种不同种类的咖啡和茶，买了油封鸭、鱼罐头、几袋还有几个月就过期的奶酪，还有一些陈年的特色奶酪。据奶酪商贩说，它们不用放在冰箱里也很容易保存。在一家健康食品店，我买了一些罐装和玻璃瓶装的蔬菜酱，还买了各种坚果，买了纸盒装和罐装的各种豆类和玉米。每买下一些，我都会因自己对世界粮食储备只造成了如此微小的影响而感到宽慰。在我的一通风卷残云般的采购后，商店里已经看不到太多东西了。

我在一家纸店买了一本笔记本，它是用橄榄绿色的帆布装订的横线式笔记本，背面能看到装订线。我还没有开始用它，但这感觉就好像我正在走向新的事物，走向一些尚未完全开始的事物。

做完这些后，我从信用卡上提取了尽可能多的现金，接着叫了一辆出租车，把我所有的采购物品放进车里，然后让司机开车到我寄存望远镜的那家店。在店里，我拿走了望远镜，把它装进行李箱，让司机开车去克利希苏布瓦。路上有一小时多一点儿的车程，车子穿越的景色在阳光明媚、阴沉灰暗与一次阵雨之间切换，我们在托马斯回到家之前许久就到了，当时天还没有下雨，也没有开始擦黑。

到家后，我付了出租车费，开始拎着行李进入玄关，然后走进房间。家里很冷，和往常一样，壁炉里的余烬已经燃尽，暖气也没开。因为我突然感觉很冷，便把温度调节器的温度设定得比平时高了一点儿。

在床底下，我发现了两个装有备用床上用品的塑料容器，我把里面的床单被罩取出来放在床边架子的底部，然后把买来的东西尽可能多地塞进容器里，把剩下装不下的放进我在花园棚里找来的一个硬纸板箱里，最后把它们全部塞到床底下。

当我整理最后一批空袋子时，天开始擦黑了，雨下得越来越大，我退回到房间。透过窗户，我可以看到邻居正沿着花园尽头的栅栏匆忙而过。不久后，我听到托马斯回家的声音，没过一会儿，玄关的灯光就从我房门下方的门缝中透了进来。

经过这充满大事小情的一天后，我感到很累，但这是一种奇怪的精力充沛的疲倦感。我的大脑在飞速运转，这就好像我改变了速度和方向，尤其是改变了体格，我已经恢复到了我正常的身形。我不知道是因为我过去好几夜都在仰望星空，还是因为我行进了更远的距离，坐火车旅行，在陌生的街道上漫步。又或许这只是因为我把我的采购分散开，从一个极其巨大的世界中仅仅小口咬食了相当小的一丁点儿。我觉得，如果考虑整个世界的大小，我从世界上拿取的其实并不算多，而且我感觉自己变得更轻、更敏捷了，我可以改变方向了。原来怪物是如此渺小啊，原来我为世界带来的改变是如此微小啊。在11月18日里，一个人的举动是如此无足轻重。

第246次

我的采购成功了。今天早上我醒来时，它们还在那里：床下的箱子是满的，茶包和咖啡还堆在桌子上的电热水壶后面，我的库存是满的。我感到平静而毫不担心。世界仍然在那里，我觉得几乎看不到外面有只小害虫在肆意掠夺。

只是我的那本绿色笔记本不见了。我之前把它放在桌子上，准备好了观察和思考，准备好了治愈的句子、破碎的句子、怀疑与犹豫、疑问与不安、希望与心情、色彩。我知道了什么？这本应该是一个新的篇章，一个无比渺小的怪物在宇宙中的生活。而现在我不知道新的故事是否已经开始，或者新的故事是否即将开始，但我知道的是，我必须更仔细地观察天空。

第251次

过去的几个夜晚，在深夜，我一直带着望远镜待在外面。这是可以看到最多天空的时候，天气凉爽而潮湿，但有足够的晴朗天气，在一两个小时里，大部分天空都会显现出来。

外面很冷，我从卧室抽屉柜最下层的抽屉里拿出了一件羊毛连衣裙，还找来了围巾和一条羊毛紧身裤。晚上我很早就睡了，睡了几个小时后，在夜间时分醒了过来。我在确定楼上的房间安静下来后，才准备出去，以一种悄无声息或者说是几乎无声无息的方式。我带着我的望远镜，穿着羊毛连衣裙和羊毛紧身裤，还带了一条毯子，以确保我在观察11月18日的夜空时保持温暖。

第256次

我找到了度过这一天的新方法。我赖在床上很长时间，直到托马斯出门后才起床。我坐在客厅的沙发上或待在自己的房间里，打开罐头和袋子。我在床下的容器里发现了坚果和焦糖，我多希望能邀请托马斯加入这个派对，但要谈足足有256天的事情，要耗费的时间实在太长了。

晚上，我早早便上床睡觉，为深夜出动养精蓄锐。但在此之前，我会准备好与夜空的会面。我打开天文图集，研究着恒星和行星。我在客厅的书架上找到了老塞尔特的星图，它可以根据一年的时间而转动，因此你总能找到属于你的那片天空。我一直都非常清楚家里有这份星图，于是在我游览里尔回来后的第二天，我便从客厅的书架上找出了它。我把它设置为11月中旬，好几天后，这个时间设置才在星图上固定下来。现在，表盘不再在夜间转回来了。之前，到了新的一天，它总是自动转回到春天的星空，这一定是这份星图在上一次最后被设定的时间。或许自从之前托马斯和我拜访托马斯的祖父并观察了春天的一个星座后，这张星图就再没有被使用过。我不记得老塞尔特当时为什么拿出了他的这张星图，也不记得我们当时要在星空中观察什么。但我记得当时他转动着星图，这样我们就可以看到夜晚的星星并找到它们对应的名字。这感觉就像是在探寻我们前世的人生中发生的事情，几乎就像追寻一片完全不同的天空，一片在一年之中不断变化的天空。而现在我不需要转动表盘，只需要秋天的星空。

第259次

当我在夜间出去时，我开始有种熟悉的家的感觉。我抬起头看过去，感觉这里就是我生活的地方，在11月18日的这片潮湿的草坪之上，在月亮、恒星和行星之下。我生活在月球之下，它又大又近，地貌呈灰白色，上面布满了陨石坑。我生活在土星之下，它有一圈很弱的土星环，周围像笼罩着一层雾。我生活在木星及其所有卫星之下，我可以在望远镜中看到其中的三颗卫星：木卫一、木卫二和木卫三。木卫四隐藏在了木星后面，我看不到它，而更小的卫星对于我的这台望远镜来说太小了，观测不到。但我发现了其他天体——各种形态的星星，我发现了小而密集的星座和大而孤独的光亮。我找到了双子座。我移动到猎户座下方，发现了狮子座流星雨突然放射出来，看到了它们在天空中投射出的明亮的细小条纹。它们不断地重复出现，它们是可靠的。我可以站在草地上，可以调试着望远镜，看着它们静静地滑过望远镜的光圈。我生活在昴宿星团之下，它们高耸在上，看着十分渺小。我向后仰，调整着望远镜，在云朵飘过夜空时转动着它。

我在外面一直待到深夜，有种家的感觉，我向南、向北、向东、向西望着。我在星空下深呼吸，寻找着星图，聚焦着……然后我回到屋里睡觉。我在星空下的房子里呼吸，然后便睡着了。之后我从家里的各种声音中醒来，想着很快便又到了我和夜空的时间。

第262次

每天夜里，当我看够了天体后，我便会小心翼翼地把望远镜和毯子拿进屋，放在我的房间里。我关上花园的门，锁上它，门锁发出轻轻的咔嗒声。我走进客卧后，关上了身后的门。

我在草地上驻足，仰望着天空，但我总会回来，回到托马斯睡觉的房子里。我总是保持安静，因为他的模式是可以被唤醒的，我一不小心便会打破并扰乱它。我小心翼翼地移动着，住在这里的是托马斯，而我只是客人。

白天，我跟随着各种声音。托马斯已经在他的房子里设定了一种模式。在我从巴黎回来时，它就已经被设定好了。我想也许初始设定的时间会更早。这是他的模式，一个不属于我的模式。在我们在一起的那段日子里，我闯入了他的模式，但现在我已不再闯入。我倾听着并适应着。我听着管道里的嗡嗡声与炉子上的水壶声，熟悉着雨声以及厨房和客厅传来的声音。对托马斯来说，这只是夹在另外两天之间的一天，但对我来说，他眼中稀松平常的这一天已经成为一种模式：他实施一系列动作和停顿，他在屋里或屋外，他发出声音或陷入沉默。我就这样陷入了他的框架，而他对此一无所知。但我就这样倾听着并找到进入他这一天的路。夜间，我穿着适合观赏星星的衣服。我穿着羊毛衣——适合黑暗的衣服，带着毛毯，站在草地上，望着天空。当结束外面的活动后，我回到屋里，关上门，躺在一张已经变凉的床上。但这没什么大不了的，我穿着全套的衣服上床，拉紧被子把自己裹住。

我躺在客卧里，因为我是客人。我躺在床上，因为我是睡梦人。我仰望天空，在星空下找到了家一般的熟悉感。我开始熟悉天空，我究竟是一只仰望星空的小绵羊，还是一个披着羊毛的小怪物？

第274次

带望远镜是一个错误决定，或者说如果我认为它可以让怪物变小，那就大错特错了。

我每天夜里都出去，感觉就像在家里一样。我生活在黑暗中，站在屋子外面，相信我会因望着这片庞大得令人眼花缭乱的星空而变得渺小，但事实并非如此。望远镜没有什么作用。我有一双大而饥饿的眼睛，我势不可挡地闯进来，入侵着。我干涉着天空的事务，我能感觉到我在变大。随着我对天空越来越熟悉，我能叫出名字的星星也就越多，我对月球表面的了解也越多。我入侵着宇宙，填满了世界。这是另一种成为怪物的方式。在黑暗中，在花园里，我闭着眼睛，成为穿着羊毛衣服的怪物。

当我在草地上度过一夜后走进屋里时，我就有这种感觉。天空不再让我感觉自己像个极其渺小的怪物，我能感觉到我周围的房间变小了，就像你长大后不再穿得进去的衣服一样，童年的冬季外套在春天到来之前就已经变得太小了。我想起了我的妹妹——她总是接着穿我的外套，想起了磨损的衬里，以及肩膀上的那种紧绷感。

但我在外套里继续长大，它开始在袖子上留下痕迹，衬里开始磨损，我妹妹帮我把破洞撑得更大。如果春天到来时，它仍然是完整的，就会被收起来，等到了秋天，妹妹就会接着穿我这件外套。她想要一件新的，而不是接着穿我的旧衣服。于是我们联合起来，撕开一点儿再撑开，等到了春天，这件外套便破得没法儿再让她接着穿了。于是到了秋天，我俩便都换上了新外套，它们是蓝色的，我的是更大的那件。刚穿上新外套时，袖子有点儿太长了，不过还没到冬天，我便已经长大，身体能够撑起新外套了。

现在我住在某幢房子的一个房间里，它变得越来越小，我已经变大到几乎要从里面“溢”出来了，有时我会在城市里闲逛，寻找一个新房间。

第276次

克利希苏布瓦有很多空房子。有的待出租，有的待出售，有的就只是空着，因为里面的住户11月18日刚好不在家。

我不知道这会有什么帮助，但我开始更仔细地观察这些房子。有时我半夜在街上到处走，或者在暮色中打着伞逛来逛去，看看房子里的灯是否亮着。然后等到再晚些时候，我便再一次偷偷溜出家，四处走动着，有些黑漆漆的屋子还黑着。我去到花园，在棚子里、石板路上的灯下或后门附近的花盆里寻找，看有没有钥匙。有时候运气好，我能在夜里进到陌生人家里，但我从没有找到我可以住的房子。

第279次

今天我去了查理曼街的房产中介那儿，当托马斯第一次离开家时，我就已经出去了。我先是去了米尼奥莱广场的房产中介那里，询问了一些我夜里观察过的房子，其中有两幢正在出售，但我觉得它们的位置不太好。在查理曼街的房产中介那里，我找到了更多的房子，并要求看其中一幢，但中介没有时间，他建议我明天预约。当我说我明天不能再过来时，他建议我如果想自己一人去看房，可以借我一把钥匙。这可太合我的心意了。我借了钥匙，冒着雨出去，很快就找到了那幢房子，它位于艾尔米塔什街，这是通往森林、河流和那个旧水磨坊的道路之一，但不是托马斯会走的那条路，不过这里距离他步行的路线只隔了几条街。

这幢房子是一座灰浆房，墙壁是浅灰色的，带有浴室和厨房，里面有冰箱、炉灶和水壶。一楼是客厅，二楼是卧室，里面有桌子、床等卧室所需的物品。显然，这里已经空置了很长时间，为了防止发霉，冰箱门是开着的，床上也没有床单。除此之外，这里有我需要的一切。我绕着房子走了一刻钟，我只需要带上我自己的床上用品、我的包、我的书、我的衣服，还有那台望远镜，就可以搬进来了。这不会很困难。

回来的路上，我绕道找了个锁匠，另配了一把钥匙。

我觉得这会很难。尽管我眼见着搬进来是件多么轻而易举的事情，即使现在我所拥有的只有那些声音，对我而言，从托马斯身边搬走会是件困难的事情。

交还钥匙后，我回到了艾尔米塔什街的房子。我用新配的钥匙开了门，我走进客厅，里面有股霉味。暖气坏掉了，因此供暖装置无法正常工作，但屋内有电，我可以买一个暖风机取暖。当我坐在里面时，天开始下雨。这声音和我们家里的不一样，也许是屋顶坡度或风向的原因。我不知道，但这声音听起来不那么沉闷，似乎更温和。当时是中午，我能识别出雨的间歇。从厨房可以看到田野，另一边是一个灰色的小庭院。我没有看到邻居。这幢房子的位置恰到好处，如果我搬进去，他们很难注意到我。

第281次

昨天我又拜访了一位房产中介，她有时间向我展示我想看的房子，甚至还提议说我可以立即去看好几幢房子。房子的钥匙就放在一个花盆下面。这幢房子比艾尔米塔什街的那幢好，里面没有霉味，但邻居离得太近了，从他们的客厅就可以看到这幢房子的厨房。如果有人搬进来，他们会好奇，我可不想成为八卦的焦点。

在另一幢房子里，中介从一个装满木柴的小屋的钩子上拿到了钥匙。我一开始觉得我可以在这里点燃壁炉，坐在客厅里看书。但过不了多久柴火就会用完，我会看到它一点儿一点儿消失，我会看着时间流逝，怪物吞噬着它所处的世界。最终，我还是选择了艾尔米塔什街的那幢灰房子。我买了一个暖风机，把床下的箱子装满了补给。我把望远镜放进包里，把我的那沓纸收进我在书房找到的一个黑色纸板文件夹里。趁托马斯出去的时候，我拿了衣服，找到了放在客卧书架上的床上用品，把我的一摞书和客厅书架上的几本书装进了包里，把这些一股脑儿全都带到了我的新家，然后便回到了房间。

我感到困惑。我坐在客房里，感受到疑虑在蔓延。晚上有好几次我几乎想要起身走到楼道，敲响客厅的门，想把这一切都告诉托马斯。也许我可以要求他和我一起搬走，也许可以向他建议我们一起离开。然而，我没有进一步考虑是否应该在进门之前敲一下客厅的门，我不知道为什么我会敲门。怪物到底是会先敲门，还是直接冲进去？

说得就好像当你被一个彬彬有礼的怪物拜访时，一切就不那么可怕了似的。

第288次

我坐在艾尔米塔什街的灰色房子里，刚刚读了一本旧的园艺书，这是我在阁楼的书箱里找到的。其中关于实用花园的章节并没有多大用处，因为我不能在11月18日在花园搞种植，而且这里也没有附属于房子的花园。这里没有一排排韭葱或瑞士甜菜，没有花园棚盒子里的洋葱，也没有悬挂着的农作物轮作与轮播计划。我不需要想着现在是11月，不必去想属于我的季节已经过去了。我不必因为家里没人而觉得我是客人。当我安静地坐在餐桌旁时，楼梯或地板上没有脚步声。我听不到手或袖子擦过墙壁发出的声音，听不到炉子上水壶的声音。当我打开冰箱时，门会自己安静地关闭，只有当我自己打开水龙头时，水管才会发出嗡嗡嗡的声响。

我独自一人。就我自己一个人，十分安全。这里完全没有风哨声和水流声，没有窸窣声和沙沙声，没有冰箱门撞击桌子的声音，没有走过来走过去的声音，没有咔嚓声和噼啪作响的声音，没有开开关关的声音和嗒嗒声。但我不能躲开雨水，我可以听到雨滴从屋顶传来的声音，当雨逐渐下大时，我可以透过厨房的窗户看到它。它模糊了窗外的风景，但它还会再回来的。同样的一天，同样的天气，同样的雨，而我已经让霉味消失了。我清除了角落壁纸上的一些霉菌，清理了冰箱，因为即使冰箱门是开着的，仍然生了一些霉菌。我还清洗了厨房的地板。当房子里变凉时，我便打开暖风机，如果这还不够，我会开启厨房的炉子。或者我烤面包或煮菜，把菜放在炉子上非常安静地煨炖着，于是仍然会发出声音。

第298次

我在早上感受得最深。有时候，这感觉就好像我一觉醒来时，迎来了完全不同的一天。我以为是9月，应该是窗外的光，或是开门时的一阵风，一阵几秒后便消失了的暖风，让我有了这种感觉。这突然出现又消失的短暂的一瞬，给我的感觉像是我的一天中有了裂缝，仿佛有另一个时间体系在我的这段日子下面流淌，普通的一年仿佛就从下面渗了出去。我寻找着裂缝，我到城里去寻找9月，我像狗一样四处嗅着。它持续了一小会儿，然后便又消失了。

第317次

我已经开始制订计划，计划不是夜间我在家后面的院子里订的，不是当我在黑暗中举着望远镜时订的，也不是当我在街上走来走去，举着雨伞，肩上背着包，思考自己到底像怪物还是人类时订的。制订计划的地点在森林里，就在树木之间，在森林的小路上，在被黄色或棕色叶子覆盖的林中空地上。我在托马斯出去时便拿到了我的冬靴，它们被收纳在玄关的柜子里。现在，我在森林里徒步。我并没有沿着托马斯的路线走，也没有遇见他。我靠近着他的道路，但在到达之前，便转向了另一个方向。我还没准备好去见他，于是转身往回走，森林小路湿漉漉的。我在树叶上穿行时稍微有点儿打滑，而在没有树叶的地方，我能感觉到潮湿的土壤，它拉着我的冬靴，紧紧地抓着我，所以我在走路时，必须轻轻拉动我的脚。

托马斯走的是其他小路，他走的是碎石路，但我的穿着更适合走树叶和泥土铺成的小路。我让自己远离河流和那个老式水磨坊，我转向森林的中央走去。已经是11月了，但在森林最深处，树上仍然有树叶，这让我有种9月，或者是10月的感觉。这感觉就像森林向我敞开，而我的11月的这一天里仿佛有某种东西在拽着我，仿佛它想让我留下来。它牢牢地吸着我的鞋底，我觉得它是想和我讨论9月和10月，但我继续向前走着，我知道现在是11月。

我在不同的时间点出去。有时外面下着小雨，有时阳光穿透树林。下午，我在森林边缘、在田野边走着。我做着准备，在小路上和雨中制订着计划。当我徒步穿过森林后，便回到了艾尔米塔什街的那幢房子，有时我回来时被雨淋湿，有时只是感到有些冷。但在我拿起我的暖风机走进厨房，关上门，打开取暖设备，用水壶烧水，开启顶部放着烤架的烤箱，在一个橙色的加热器下烤起面包后，不知不觉间厨房就变得暖和了，然后这一天就结束了。

第339次

托马斯朝我走了过来。直到他走得离我非常近时，他才认出了我。之前我只是个坐在长凳上的路人，但逐渐地，我在他面前变成了塔拉。

我坐在石栅栏旁的长凳上，这里就是森林的起点。远处的停车场停着几辆车，但在托马斯沿着路走过来前，都不见一个人影。我能看到他穿过树林，走过来，身上没有信件和包裹，只是肩上背着包。

他没预想到会在森林里遇见我，他以为我在巴黎。他走过来，我挥着手，他停了下来，很惊讶地看着我。

然后我就把一切都告诉他了。我问他是否愿意坐在我旁边的长凳上，或者他更想要徒步穿过森林？他说，他更想穿过森林。于是我们并肩走着，路上我又一次讲述了11月18日的整个故事，这次加上了鬼魂和怪物、望远镜、房产中介，加上了一幢灰色的房子，它里面的冰箱门打开时不会撞到桌子边缘，而是会返回来并自行完全关闭，还加上了冬靴和走在地面上时吸着靴子的土壤。

我们避开了最潮湿的小径。我们走在碎石上，沿着他经常走的那条小路一直走到河边的老式水磨坊。我们沿着河岸边的小路走，在天开始擦黑之前没多久就回到了停车场。我坚持要他跟我一起去，他犹豫了。我已经告诉了他艾尔米塔什街的那幢房子，但没有告诉他我的计划。

我打开门。尽管这房子只是借来的，但他仍然是我的客人。因为我只有一个马克杯，但橱柜里有好多还没被用过的玻璃杯，我便另外找了一个玻璃杯给他盛咖啡。我倒了咖啡，然后我们坐在厨房听着雨声。我把他带进了屋，这次他没有被雨淋到。我买了橙子巧克力，不是在我们常去的超市买的，而是在米尼奥莱广场附近的一家小专卖店里买到的。

我说，我的计划是返回巴黎，我想结束这个时间循环，想要等刚好过了一年时，再次遇到11月18日。我想让他跟我一起去，我需要帮助，我需要锚、救生索和停泊点，需要一个我能够紧紧抓住的人。我已经这样过了339天，即将迎来一年的轮回。我确定吗？是的，我确定。或者说几乎可以确定。当我集齐365天时，一年就过去了，因为这不是闰年，我这样说道。对此我已经进行了调查。

我说，我感受到了在我的这些循环的11月18日下面，存在着另一种时间体系，这是带有9月和10月的一年。世界带着很多能渗透的孔，有裂缝，下面藏着另外一年。我以前也往这个方向想过，但到现在才真正意识到它。在我搬到艾尔米塔什街的那幢房子后，当我在森林里徒步时，我变得更有安全感了。新的11月18日即将到来，这一定就是出路：当11月18日再次到来时，我可以跳进11月18日，牢牢抓住它，然后把自己拽上岸，回到那个熟悉的时间体系中。我们可以一起找到出路。我们必须努力找到那个通往11月18日出口的大门。我们必须回到一切开始的地方。他想一起吗？他可以成为我的锚、我的救生索、我的停泊点。我们可以像以前一样住在利松酒店。我们可以起床后在酒店吃早餐。我们可以看着那个飘浮在半空的面包片，也许可以在它掉下来之前抓住它。我们可以把这一天安排得井井有条。我们可以把书放回到书架上。我们可以拜访菲利普和玛丽。我们可以坐在商店的柜台旁。那枚古罗马硬币会放在柜台上的一个透明盒子里，这一点我十分肯定。那个燃气取暖器会布满灰尘，放在店的后室。菲利普和玛丽会围坐在柜台旁。我们可以让这一天恢复正常。

他犹豫了。我们怎么才能知道该怎么做？我说，有很多机会，我们会找到对的那个，我们会一起找到出路。我记录下好几个场景。我们可以一起重复我的第一个11月18日，我们可以在菲利普和玛丽家结束这一天。我们可以从店的后室找到那个燃气取暖器，我们可以打开它，我可以再次烫伤我的手。我们可以重复这一切，我说道。但他不确定，再次重复这循环往复的一天究竟能有什么作用？

或者我们可以做相反的事情，我说道。他可以重复我的一天。也许这就是我们所需要做的。也许需要操作的那个人是他。我可以向他提供所有细节，这再容易不过了。固然，这会涉及受伤的情节，但很快就会过去的。当店里开始变热时，他应该起身，用力推动燃气取暖器，将手放在顶部边缘的滚烫金属上。这很快就会过去。他不会感受到太多。店里有碗和冷水，他可以获得烫伤贴和杀菌膏，酒店里有冰块，我会准备好帮忙的，他不用担心。

我能看到他在厨房里四处环顾，他在椅子上有点儿不安地挪动着，朝玄关处的门口瞥了一眼，他正在寻找出路。

或者我们可以找到一种完全不同的方式来度过这一天，我快速说道。无论是采用这个版本还是那个版本，我们都会在关键时刻做出决定。但我确定的是，我们必须等到一年的轮回，等到11月18日再次到来。我能感觉到这一年从11月18日的裂缝中渗漏下去。我坚持着：也许如果他能感觉到，他能察觉到10月的气氛，很快就到11月了，当我们靠近18日时，我们就得出发了。

他看着我。我看得出来，他认为我疯了、情绪不稳定、精神不正常。他环视着厨房，看起来很疲惫。我突然闻到了那股我以为已经消除干净的霉味。我看着我们的空杯子，底部积攒着一圈深色液体。尽管我们进来时打开了暖风机，但我还是能感觉到寒冷。

托马斯认为我应该跟他一起回家。而且，他还感到很饿。我把桌上剩下的巧克力推给他，但他并没有吃。我们一直等到雨停了，才关掉暖风机，走了出去。路上我们经过了一家比萨店，我们走了进去，想买一张比萨饼作为晚餐，经过片刻的犹豫后，我们买了两种不同的，因为我们拿不定主意。

我很快就计算出，如果我们在从巴黎回来后的11月18日就这样生活的话，会对世界造成什么影响：676 个比萨托盘，676 张比萨。但我什么也没说。在我等待后厨烹饪时，托马斯去了这条街稍远一点儿的葡萄酒店，买了两瓶葡萄酒，一瓶白的，一瓶红的，因为他拿不定主意。

我可以从他身上看到这一点，他十分疑惑。也许他是对的：我已经疯了。但他颠倒了因果。我并没有疯狂到幻想自己重复了339次11月18日，而是重复339次11月18日的这段经历让我变得疯狂。重复的11月18日让我变得奇怪。我想逃离它。我多想让他帮助我，但我已经知道了我的这份渴求并没有实现。我能很明显地看出来。他被困在他的模式里，不会给我任何帮助。

他会更倾向于不相信我所说的，但很快他便会相信我，因为当我们开始穿过森林时，我可以讲出一辆车很快就会抵达我们身后的停车场，我可以讲出太阳什么时候会出来，我可以详细预测雨势变化的过程。他不得不相信我。但他认为的也肯定不无道理，我已经疯了。我失去了判断力，我无法保持理智，这让他感到不安。他更希望让晚上自然而然地过去，等再次醒来时便回到了正常的世界。但这无法实现。

我们坐在扶手椅上，在比萨和红酒的相伴下度过了这个晚上。很明显，他并不想和我一起去巴黎，他不想参与我的计划，因为他不认为这会有什么帮助。他认为我们应该等待，我应该和他一起待在家里。等到明天再看看，他说道。他所指的明天是19日。但明天依然会是18日，我说。对此他不确定，他认为我们应该一天一天地过。他坚持着，说也许我们有机会呢，也许我们突然就在11月19

日醒来了呢。他说，时间迟早会恢复到它正常向前的轨道中，也许突然一下就正常了，也许就是明天。也许时间的断裂可以自行修复，我们可以躺下睡觉，谁知道呢，也许当我们在克利希苏布瓦的这幢房子里醒来时，会发现我们以T.&T.塞尔特的身份在19日醒来。

我之前本来希望他会这么说。但现在听起来不太对，好像他这么说只是为了不和我一起去巴黎。当他手拿着比萨坐在扶手椅上时，并没有一种想和我分享的充满希望的感觉。也许我的这个要求太高了，也许我压根就不应该建议他烫伤他的手。但我知道这并不是造成这种对立局面的原因。无论如何他都会拒绝我的这个提议。我刚刚不过是给了他一个说辞，给他一个不和我一起去的理由，帮他圆了个场罢了。

我坚持说我们必须制订计划，而他认为还是静静等待比较好。你没法儿把一切都计划上，他说道。有时你只需要做好准备，顺其自然地迎接一天又一天，只要保持注意力就行。有些东西会自然而然地现身，机会也好，紧急出口也好。或许你自己一个人去巴黎会更好，他说道。如果你在一年的轮回之际自己到处查看的话，以你的能力，他说，以你对细节的洞察，你敏锐的目光将为你探查到解决问题的办法。我知道，他这么说就是因为他不想和我一起去巴黎，他想保持他自己的模式。我很清楚这一点，他也很清楚这一点，没有必要反驳他。

托马斯认为我们应该去睡觉了，他觉得我们应该保留今夜的可能性。我没有反驳他，但那天晚上晚些时候，当他睡着时，我溜出了卧室。我走下楼梯，在玄关找来了我的冬靴，系好鞋带，然后把外套从衣钩上取下来。我穿上外套，小心翼翼地打开门，但正当我要出去时，我听到托马斯从楼梯上传来的声音。他说他知道我要去哪里。我在黑暗中点了点头，关上身后的门，沿着一条条街道走了回去。

夜空几乎被云覆盖，但云层正在打开，云朵向东北方向移动。我回到了艾尔米塔什街的那幢房子。透过厨房的窗户能看到一盏灯开着，我们离开的时候忘记关了。门也没有锁。房子里很冷，因为我们出门前关掉了暖风机。桌子上放着我们的杯子，我把它们拿走了，还有最后一块巧克力，我拿来我的那些纸后，坐在桌子旁把它吃掉了。

我还穿着靴子，我把外套放在了一把椅子的椅背上。我还有计划，还有某种计划。我不知道这是否还能再被称为计划，它是零散且开放的，这只是多种情景和可能的组合，算不上真正的计划。我想象着一种逃脱11月18日的方法。我不知道前路是什么样的，但我知道托马斯一定不会跟我一起面对。

第340次

这是10月的一天，我醒来时是这样想的。那是下午晚些时候，但我还在休息。我穿着外出的衣服躺在床上，只脱掉了靴子和外套。我的靴子摊在地板上，光线从窗户射进来了一会儿，然后一片云便再次挡住了阳光。过了一会儿，云朵飘了过去，阳光透过窗户又照了进来，我站起来，拿起靴子，拿着它们下了楼梯。我把它们放在过道里，打开了通往院子的门。阳光从一片10月的湛蓝色天空向下照在地砖上，过了没一会儿，当感觉又一次回到了11月时，我关上了门坐在桌边。那些纸摆在我的面前，外套还搭在椅背上，这里很凉，此时我已经打开了暖风机。我算了一下，现在一定是10月23日，这是肯定的，我能够感觉到。虽然只是一闪而过，但这阳光是10月的阳光。

第348次

我开始变得焦躁不安。我数着日子，在笔记本上写下了“#348”。我数着11月的日子，但当我凝望时，我能感受到10月的最后一丝示意。

我准备离开这里，开始收拾行李。昨天，当托马斯在外面时，我把最后的东西——几本书、一些厨房用具、一把鞋刷和一罐我借的鞋油带回了家。我的冬靴又回到了我当时找出它们的柜子里。我从客卧的书架上找来纸张，连同几支铅笔和圆珠笔一起打包起来，仿佛会有什么话需要写下来。

当我整理好客卧里最后的东西，正要离开家时，我突然想到必须带着手机。我搜遍了房间，终于在床底下的地板上找到了我那部布满灰尘的手机。它显然已经没反应了，但我还是赶紧把它放进包里，走了出去，锁上身后的门，把钥匙放进包前部的兜里。

这感觉就像一场告别。仿佛我是客人，包里的钥匙是借来的，我本应该把它交还回去，但我没有交还，就这样进了城。在城里我查看了手机，SIM卡或存储卡出现了问题，手机没有电，但没过多久便又可以使用了。我新买了一个充电器，因为不知道把旧充电器放哪儿了。我想现在我已经准备好出发了。我装上了我的护照，找出了衣服，还把11月17日和18日买来的那一小堆书收拢起来，把它们放在桌子上。我把我的那些纸归拢在黑色的文件夹里，我带着那本用线条和数字记录日期的笔记本。所有东西都在我的手边，在艾尔米塔什街的房子里，我准备好出发了。我想要逃脱11月18日，我想要找到一个逃脱的方法，每想到这儿时，我就感到不安。

第349次

我现在能感觉到：一年就这样在我的这些11月18日中溜走了，我没办法去想别的，我想这一年会形成一个闭环，然后我就可以结束这个循环。我马上就要离开全年都是11月的这一年，马上要进入下一年，进入另一种时间。

今天早上，我离开艾尔米塔什街的那幢房子，锁上门，把钥匙放在院子的花盆下面。我走向车站，搭上了前往里尔的火车，然后换乘去了巴黎。现在，我正坐在利松酒店的房间里。此刻是下午，还是这个城市，还是这个房间，但一切都不一样了。一年即将接近尾声，而我正要前往，一个表面破碎、充满裂缝的尾声，我正在向它靠近。

当我打开利松酒店的门走进去时，前台工作人员的目光从电脑屏幕上移了过来，然后他伸手去拿了16号房的钥匙，就好像什么也没发生一样。我接过钥匙，走上楼梯，来到我一年前住过的那间酒店房间。床已经铺好了，床罩上有我的几样东西：一包薄荷糖和一支深绿色的圆珠笔。笔上写着“第7届卢米埃尔沙龙”，这是我在11月17日的那场拍卖会中拿到的，在我离开拍卖会的那一刻，我肯定就把它抛之脑后了。

房间里没有任何家的感觉，熟悉但不温馨。我也说不好我是否还拥有属于我的家。我的家不再是克利希苏布瓦的那幢房子，托马斯在里面按照他的模式生活着，他可能把他的湿外套挂在玄关，在楼梯和地板上走来走去。我的家不是那间面向花园、苹果树和柴火堆的房间。我的家也不是艾尔米塔什街的那幢灰色房子，我并不属于那里。我住在11月18日里，我已经搬进了11月的一天。但现在我想离开，我不想再待在这里，我正准备着跳出11月18日。

我在房间的桌子旁坐了下来，吃起了从11月17日拿的薄荷糖。在那个时候，日子还是一天天地连续衔接向前，16日、17日、18日、19日。

我正在努力把时间连在一起，争取前进到19日。我用那支绿色的圆珠笔记录着，想着19日快过来吧，19日进来吧。

第350次

昨天下午晚些时候，我路过了菲利普·莫雷尔的店。店里亮着灯，我看到玛丽独自一人在里面。我在店门口的步道上来回踱步了几圈，然后穿过马路，在橱窗前停下，俯视着店面。柜台上放着三枚硬币，它们分别被陈列在各自的透明盒子里。现在是4点20分，我不知道菲利普具体几点会回来，只知道会是5点前。我犹豫了一下，还是走下了台阶，打开门走了进去。玛丽从商店的另一侧走了过来，没有表现出任何认识我的迹象。我向她打招呼，并请她允许我看看陈列的硬币。她把它们展示给我，并友好地向我介绍着它们是什么硬币。她马上就意识到我最感兴趣的是中间的那枚硬币，并告诉我这是一枚古罗马硬币，上面有安东尼·庇护的肖像。我点了点头，拿起盒子，能看出来这枚硬币和我送给托马斯的那枚非常相似，或者更准确地说这就是同一枚硬币。我不必假装自己不确定，这就是我的那枚硬币，它又回到了柜台的这个位置。这枚古罗马硬币旁边是一枚银币，上面刻着卡斯托尔和波吕克斯①，另一边的硬币是铜币，上面刻着亚历山大灯塔。在我的第一个11月18日里，这些硬币当时就放在柜台上，我现在肯定这枚古罗马硬币就是我当时买下的那枚。

我犹豫着。有那么一阵，我考虑过要不要想办法进入后室，调查下那个蓝色燃气罐上的灰尘。但我的时间不够，我感觉如果我寄希望于逃脱出去，就必须得在11月18日极其谨慎小心地行动。我十分害怕触动了这一天的什么机关。我以一种有点儿突然甚至有点儿粗鲁的方式说了声谢谢，然后匆匆走出了商店。我快步走上台阶，来到街对面，走进一家很小的杂货店，我拿了一个购物篮，来到货

---

① 古希腊神话中斯巴达王国国王提耳达努斯和他的妻子莱达的两个孩子，两兄弟亲密无间，后世经常以两兄弟形容人“手足情深”。

架之间。就在这时，菲利普回来了，他在商店的橱窗前向玛丽挥了挥手，然后走下台阶进入他的店。

当我离开杂货店时，已经是5点15分了。我环顾四周，沿着墙面快步走过。我斜着穿过街道，沿着阿尔马杰斯特大街继续前行。显然，这仍然是同一个11月18日，一切和我上次来到这里时一模一样。在街道稍远处的一家商店前，我看到一只黑褐色的狗在等待它的主人。我很肯定在当初那个11月18日，在我到达菲利普的商店前不久，我注意到店主人从他的店里出来找他的狗。果然过了一会儿，狗主人就从店里出来了，他手里拿着一个十分容易辨别的绿松石色塑料袋，解开了拴在商店门口旁边栏杆上的狗绳。

夜色正降临在阿尔马杰斯特大街附近的街区。我顺着雷纳特街来到街尾的小广场，然后经过马戏团道，穿过夏米纳德大道，在雷恩内特街拐角处的一家咖啡馆坐了下来。

我已经很熟悉这些街道了，在我认识托马斯之前我就了解这片街区，因为我还是学生的时候在这里生活了一年。几年后，我通过共同的朋友认识了托马斯，后来又认识了菲利普，他们当时住在马戏团道的一间公寓里。尽管他们早就从那里搬走了，但这里的街道和公园依然给我熟悉的感觉。菲利普的生意在这里，利松酒店在这里，我以前常去的店还在这里，古旧书店的同行也在这里。这些地方是那么熟悉，我经常独自一人或与托马斯一起回到这个地方。但现在，这里变成了一个陷入停滞时间体系的熟悉的世界，而我想要一个时间正常向前的世界。我想要这个世界里的11 月 18 日与其他日子一样，只是平常的一天，一个你可以随时把它抛在脑后的一天。

过了一会儿，当我离开咖啡馆走回酒店时，我经过了一家我以前从没去过的古旧书店。窗外的光线落在商店橱窗前书架上的几排书上。一些灰色的塑料布被折叠起来，以备下次下雨时铺在书上，但这并没有必要。我其实可以告诉他们，他们完全可以安心地把塑料布收进去，因为直到深夜才会开始下雨，那时商店早已关门，这些书也会安然无恙地待在店里。

我驻足了一会儿，并没有进去，而是回到了酒店，躺下来睡觉。当我再次醒来时，又迎来了同一个11月18日。我吃过早餐，坐在熟悉的报纸旁，我看到那块掉落的面包，那个人迟疑着捡起面包，并又重新拿了一个牛角面包，这一切都太过熟悉了。

第354次

我如何才能从11月18日里逃脱出去？我是如何进来的？我是不是走错门了？ 进了一扇循环之门？我不知道……我在寻找着出口。如果人能进来，肯定也就能出去，我这样想着。该如何打开一扇打不开的门？该踹开它吗？把它弄坏吗？放把火？找个锁匠？用意念？隐秘的密码？奇幻的口令？我不知道……我感觉我需要做点什么，有些事情必须改变。我需要纠正一个错误，需要找到一个合适的时间点然后出击。

但我现在不知道该做什么。我走过街道，11月18日突然运转得十分脆弱，到处都是可以轻易踢开的门。我穿过11月18日的瓷器店、玻璃店、水晶店。我像大象、蝴蝶一样移动着穿过这一天。我应该怎么做？是应该跌跌撞撞地度过这一天，还是应该小心翼翼地到处盘旋，十分轻巧地拍动着翅膀在世界周游？我是一只轻轻扇动翅膀就能掀起一场风暴的蝴蝶吗？还是一头闯进来摧毁墙壁的大象？我不知道……我在熟悉的街区走来走去，觉得很容易就能做点什么，很容易就能应对，就能踢开任何一扇门。

但要是现在不应该把门踢开呢？要是应该极其轻声地敲门呢？问题是，哪扇才是正确的门呢？

第355次

一定有一个需要抓住的差异，一定有一个改变，一种变化。但究竟是什么差异呢？我不知道。但如果我足够熟悉我的一天，如果我足够熟悉我的这些街道，我一定能够看出是否有新的事情发生。

我不再觉得自己必须在11月18日做什么，不再认为我必须拼出一个拼图，我不必转动一个手柄或者采取什么行动。我认为我不应该介入今天的事件或在11月18日的各种物品之间流连。

我觉得我需要关注一些东西，当这一年结束时会出现新的东西。我觉得已经有相当微小的裂缝出现了。我想象着熟悉的街道发生了某种变化，在这一切循环与重复中，有某种变化，某种差异。

但究竟是什么差异呢？是声音吗？是气味吗？它是一

种颜色还是一种形状？它是绿色的还是蓝色的？我的这种差异有多小？它是一个事件、一个行动吗？是不是突然发生了什么意外的事情？是什么引人注目或奇怪的事情吗？还是稀松平常的事情？又或者是一件压根就没发生的事情？什么少了，消失了？

我想象着一个新的11月18日，但不知道该如何将它与旧的区分开。我觉得天气会有所不同。但天气会更暖还是更冷呢？是一场意外的阵雨？我想象着断裂、改变。但变化将如何发生呢？它会在我最意想不到的时候发生吗？还是它需要我的注意力与聚焦点？我应该仔细地听，还是该闻、感觉，抑或是看？我不知道。我关注着细节，变得十分警觉并时刻待命。

我等待着，准备着，等待时机成熟，在那之前，我需要的是耐心、耐心、耐心。

第356次

当你不知道要关注的到底是什么时，就很难保持耐心。在这一天繁多的各式事物里，很难找到差异。

无论我走到哪里，一切都是一模一样的。同样的商店里面有同样的商人。雷纳特街附近公园入口处的垃圾箱也始终是满满的，总有三个汉堡包和一个印有红色字母的比萨托盘从垃圾箱里掉出来，掉到长凳下。街道深处奶酪店里的奶酪总是一样的，里面的奶酪总有两个标识贴倒了，就像两个芭蕾舞演员以不同的旋律跳单脚旋转舞一样。有扇绿色的门上总是用奇特的浅蓝色涂料画着涂鸦。总有一个女人一只脚跨在门外，目光扫视着街道，而另一个双手拿着购物袋的女人正试图示意她正在过来，她抬起手，但袋子实在太重了，所以她只能在空中稍微挥一下手。

几个路人穿着外套和鞋子，一名男子一边过马路，一边把手机掏出来。几扇门打开了，几盏灯熄灭了。一位女士在步道上掉下几枚硬币，它们在她的周围舞动了一会儿，然后安静下来，之后她把它们一一捡了起来。我站在街对面，她昨天在那里，今天也在那里。但如果她就是我要找的差异，又能有什么不同呢？是她的样子变了，还是散落到街上的硬币数量不同了，突然变成了七枚硬币而不是五枚？我该如何察觉到差异呢？是不是路灯突然在不同的时间点亮了？我怎样才能发现它？是早了5分钟还是晚了2分钟？

如果我想察觉到灯光发生的变化，就必须足够熟悉我的风景。我走在街上，保持警惕，我读取着街上发生的事情并将它们存储在我的记忆中。

第361次

这片街道一片混乱，但我有了家的感觉。我很熟悉这片街道。我抬头看着各式房屋的窗户，低头看着人行步道，我在咖啡馆读着报纸，看着进进出出的各种人，每天都是同样的人和同样的报纸。我路过菲利普·莫雷尔的钱币店，看到玛丽在营业时间在街上竖起一块牌子，也看到菲利普关掉店里的灯，看到他锁上门，我还跟着他去了一家咖啡馆，他8点15分在那里和玛丽碰面。我从远处观察过他俩。我不应该打扰他们，不该打扰他们的一天。

我听到救护车声、汽车声和让两个行人惊恐地跑到一边的自行车铃声。我在雷纳特街小公园的碎石路上走着，在早晨被雨水打湿的人行步道上走着，在下午干燥的街道上走着。我听到早上清空玻璃容器的声音，在狭窄的过道向后倒车的货车声。我看到一辆运送办公椅的面包车停了下来，两个男人拖着一把又一把椅子跨过步道进入一栋大楼，他们一次搬两把椅子，有时是三把，椅子都是黑色的，下面有轮子，上面有塑料薄膜。一共是四十七把椅子，我已经数过了。

第362次

这是一个我熟悉的世界，我已经做好准备了，准备好跳起来，抓住突然出现的变化，或者准备好潜水，我这样想着。为什么非得是跳跃呢？也许我应该准备好屏住呼吸。

我在16号房间胡思乱想，不知道自己应该跳跃还是潜水。前一刻我还在小心翼翼地度过这一天，准备好跳跃，下一刻我便深吸一口气，准备潜入水里。

第365次

天还没亮，我就醒了。我在黎明前的黑暗中出去时，街道仍是湿漉漉的。我离开酒店是5点多，雨刚刚停。

我一醒来就立刻进入应急准备状态。我的注意力被激活，我的意识处在超负荷状态，神经系统发出嗡嗡声。我知道我还没有看到任何进展，没有看到任何突破。一切看起来都像我熟悉的一天，但我还是忍不住去留意找寻突然的转变。

如果时间正常向前的话，今天就是11月17日，也就是18日的前一天。明天便是11月18日的轮回，已经过去一年了。是这样吗？我数对了吗？我仔细复盘考虑了一切。不，这不是闰年。我从包里拿出笔记本，我数过我画下的线条和写下的日子，得到的结果都是一样的：今天是我这一年的最后一天，明天就是11月18日了。

我已经准备好了。我找寻了这一天发生变化的迹象，但发现的只有循环与重复。我必须得等到明天。尽管如此，我仍保持着警觉。紧张而严阵以待，准备好跳跃。我寻找着我能够抓住的一种变化、差异、转变。现在是晚上，我坐在16号房里。也许我一觉醒来就会发现差异，如果我现在就睡觉的话。

第366次

我梦见自己在游泳，我想着醒来后，一切都会变得明朗。我可以在我的一天中漂浮着，我要做的就是游泳，或者漂浮，就像我看到的那块飘向地面的面包，在它掉下来之前在半空中盘旋。

我吃了早餐，漂浮，游动。我从自助餐里拿了食物，又坐了下来。我深呼吸，肩膀垂了下来。我感觉自己在水里，轻飘飘的，我毫不费力地到处漂着；或是在空气中，我平和而安静地飘着，像我这一天中那块极其轻巧的面包。

不管发生了什么，我心里想，我想知道是什么时候发生的。等到时机成熟的时候，我不得不四处漂浮、踩水。我又来到了我的这一天，同样的一天，但它给我的感觉很好，它是开放的，充满了可能性，充满了细节、事件和动向，随时可能改变方向。

我还有一天要度过，我没有计划，顺其自然。我可以顺畅地、安静地跟随一幅草图。没有目标，也没有要捕获的猎物。我不是虎视眈眈的秃鹫、鲨鱼，或蓄势待发的大型猫科动物。我并不在执勤，这是种不同的感觉。我在旅行，在回家的路上，我这样想着。我拿着一张不定期票①旅行，没有具体的行程安排。我在街道的各种细节中穿梭旅行着，置身于充满各式小事件的宇宙中，大量的物体、事件和感觉在我的记忆中紧靠着彼此，堆积在一起。

那么多的东西与颜色，那么多的招牌、商店、人，商店里有那么多的物品，那么多的门上有那么多的门把手，那么多的鞋子在街上徘徊，那么多的外套，那么多的发型，那么多外套上有那么多的纽扣，那么多鞋子上有那么多的缝纫线，那么多的衣服，那么多的步道边缘有那么多的石子，那么多的细节，这些物体以及这些物体上的各种小细节，组成了一个旋涡。所有这些我从11月18日的街

---

① 指航空公司在出售机票时，只对机票标明出发地、到达地与乘机日期而不明确具体航班的票。到接近起飞日期的时候，航空公司根据该起飞日期在出发地和到达地之间各航班的销售情况，再通知乘客可以乘坐的航班。

道上收集起来的东西一层层堆在一起，实在太多了，以至于我的意识必须将它们紧紧地包裹起来，但我以一种罕见的轻松感穿过了这一切，我觉得这很奇怪，怎么能如此轻松地从一个如此紧凑的世界漂过?

我想，在所有的这些细节中，总会存在某种差异，我要牢牢抓住它。如果我的这一天下面存在另一个新的11月18日，它会从裂缝中渗透进来。我想找到差异，我想要靠过去，紧紧抓住，搭上去，随着它漂浮。

我在熟悉的地方到处走，一遍又一遍地走过我在第一个11月18日里去过的地方。我路过了那两家当初买下《饮用水历史》和《天体》的古旧书店，但只是在橱窗外站了会儿。我路过了菲利普的店，玛丽像往常一样待在商店里，我在街道上看到了她，然后继续前行。我带着这种轻松的情绪在这看似没有任何变化的一天中踱步，但我已经准备好迎接这一天的敞开，我会从吸引我进来的那道闸门中出去，顺着同样的潮流，顺着洋流、气流出去。我游着，漂浮着，等待着。

这一切突然被高声喊我的声音打断了，那个声音很洪亮，喊的是我的名字：塔拉。然后那个声音又喊了一次，音量更大了。

我听到声音便转过身去。那个人叫的就是我。是菲利普！我转过身时，看到他正朝我走来，微笑着。

他很高兴遇到了我，他完全不知道我会在这里。“你和托马斯一起来的吗？你有时间跟我去店里看看吗？”他正在去店里的路上。其实他还有几件事要办，但这可以放一放。“我想带你见一个人。”他这样说道。是他的女朋友，玛丽。我已经很久没和菲利普聊天了。“托马斯还好吗？”他和玛丽很快就会一起去克利希苏布瓦。实际上，他们最近才刚刚讨论过这个话题。当我跟着他在步道上走着时，他告诉我，发生了太多太多的事情。我感到很困惑，因为这不是我预想到可能发生的情境。在路上遇到菲利普并不在我设想的场景中。我并没有调查过我们在店里碰面前的那个下午他在做什么，我之前就从没往这方面想过。

他告诉我，他刚从银行回来，说他去参加了一个会议，以及他和玛丽想买下商店楼上三楼的公寓。这套公寓的主人是一位老妇人，她在几个月前去世了，继承人想卖掉它。公寓的情况并不是很好，里面塞满了东西。房东曾是一位收藏家，并不是一般意义上的收藏，而是位很极端的收藏家。

我们去了商店，当我们顺着店前面的台阶往下走时，我看到玛丽正站在柜台前，在藏品展示盘上放了一些硬币。

菲利普把我介绍给了玛丽，说现在有两个好消息：一是我来看望他们了，二是他们购买公寓的申请获得了银行的批准。我们谈论着轻松和紧绷的事情，聊到托马斯和克利希苏布瓦，在此期间，菲利普快步出去买一瓶葡萄酒。最好买气泡的，毕竟有值得庆祝的事情，玛丽说道。她一边说着，一边把那个放着硬币的托盘放回到隔壁房间的展示柜里。

当菲利普带着一瓶香槟回来时，他把它放进了商店后面的冰箱里，当他锁上商店的门并在窗户上挂上牌子时，玛丽和我穿过商店进到里面的后楼梯处，来到昏暗的楼梯间。我们没找到楼梯间电灯的开关，然后菲利普追上了我们，他拿着玛丽的外套，递给她，这样她就不会冻着了。就在这会儿，我找到了开关，打开了楼梯间的灯。现在我们走上楼梯，来到三楼的门前，菲利普用口袋里的钥匙打开了一扇棕色的大门。这把钥匙是继承人借给他的，他们希望能尽快完成出售，最重要的是，他们希望菲利普和玛丽能够按原样不要求他们翻修就接手这间公寓：很明显这间公寓已经有很多年没有维护过了，而且里面到处都是东西。在修缮前，需要把这些东西都挪走。

公寓里到处都是箱子和成堆的东西：成堆的报纸和衣服。书架上装满了书籍和杂志。公寓里最大的房间，肯定是曾经的客厅，地板上高高地堆放着报纸，只有报纸堆中间有一条七拐八拐的狭窄过道。我们顺着报纸堆之间的这条小道来到了下一个房间，里面沿墙放着箱子，还有衣服，好多好多的衣服，房间最里面放着一个装满猫粮的猫食盆。菲利普说，那只猫已经不在这儿了，或者曾经有两只猫在这里。

这就是他们要住的地方，菲利普和玛丽一起住的地方。要做的事情还有好多，但他们很快就能开始行动了。实际上就是明天，菲利普说道。他们一签完字就能立即接手。

我跟着他们沿着蜿蜒的小道走着。我想逃脱11月18日，但现在除了跟随，我没什么别的可做的。我记得有些许困惑的感觉，我觉得这种感觉很奇怪，几乎就像我发现了我的不同，我的变化。也许我已经正在朝着另一天迁移，朝着一个新的宇宙奔去，朝着11月19日前进。这条蜿蜒小道的尽头有成堆的报纸、成堆的衣服和一个猫食盆。

我们沿着狭长的小道穿过房间，回到玄关，来到一个几乎被打扫干净的小房间。这间公寓的住户当初就睡在这里，和她的猫以及她最重要的财产在一起。继承人已经把所有不该丢弃的东西都挪走了。他们希望公寓的新主人能够处理剩下的东西。玛丽说，这会花些时间，虽然并非无法处理，但要做的事情还有很多。公寓的主人一辈子都住在这里，她的整个人生都被压缩在这间公寓里。这是一颗时间胶囊，玛丽说道。这间公寓已经多年没有修缮过，厨房也有一百多年的历史了。浴室很小，年代也很久远了。关于公寓他们有很多计划，首先要做的一定是先把它打扫干净。

当我们走出公寓时，菲利普关上了我们身后的门。这是扇暗色且重得惊人的门，门中间的位置有一个大门环，依我来看，这是只黄铜制的鸟，但它上面全是漆黑的铜绿，它下面有一个难以辨认、几乎褪色的名字，一个带有字母G的名字。

菲利普关上门后，试了试门环，用那个鸟喙之类的东西轻轻敲了敲，询问是否有人在家。玛丽笑着说，目前还没有。东西，是有的。人，没有。

在楼下的店里，玛丽打开酒瓶，找来几个玻璃杯，往里面倒满了香槟。我们为他们的新家、我的来访和爱干杯。在我们干了这杯后，她又倒满了酒，然后他们问起了我的旅程。问起我来巴黎做什么？我来了多久了？还要待多久？问我有时间与他们会面吗——也许今晚晚些时候，或者明天？问起我有什么计划？玛丽正要出门，她在城里有一些事情要办，但很快就会回来。

我犹豫着。我的一天发生了意想不到的转变。我在全是11月18日的这一年的尾声中漫步，以高度的注意力穿过各式街道徒步，我全部的警觉细胞都被激活，准备好跳到另一个时间。而现在我正站在菲利普店里的柜台前，干杯，不得不回答我今天有哪些计划。

我没有计划，我说道，我不再有任何计划。突然，我告诉了他们一切：告诉了他们我停滞的一天，告诉他们我曾拜访了他们。我讲述了发生的事情，说我们在几乎整整一年前在店里的柜台一起吃过饭，或者应该说是在相当于一年的天数前，玛丽和我从店后面拿来了那个布满灰尘的取暖器。他们当时没和我说公寓的事，但我们谈论了很多其他事情。

出于某种原因，我希望别人相信我。我并没有想到会有质疑。我觉得毋庸置疑，为什么会有人编造这样的故事？但是我错了。也许菲利普不想要任何人给他和玛丽的新生活带来不安与混乱。他们不需要什么奇怪的东西。菲利普可以看到他和玛丽的未来，他不想要停滞不前的日子，他不想要不安与混乱。

当我向他们讲述我和他们的取暖器发生的事故时，我能看出他们脸上不安的神色，但也看出了一些我没料想到的事。他们在信任与怀疑之间摇摆不定，这种摇摆不定并不是源自他们想到我告诉他们的时间断裂后产生的不安情绪，而肯定是源自一种初步的怀疑，源自一种否认，或许是源自对我可信度的评估。

当我向菲利普展示了我烫伤后留下的那道淡淡的疤痕，并把他拉到店后面那个布满灰尘的取暖器前时，他似乎已经下定决心了，这不是真的，我又要从那扇门走出去了，他怀疑着我的叙述。

我告诉了他们我在我的第二个11月18日在店里见过玛丽，我当时买下了一枚古罗马硬币，现在它又回到了店里，就在柜台上的盒子里。当我告诉他们这些时，气氛变了，就在我说完我买下硬币的经历的那一刻，菲利普伸手去拿了那个盒子，快速看了一眼玛丽，把那枚古罗马硬币连同盒子和所有东西一起放进袋子，递给了我。就好像只要他假装相信我，就能让事情回归正常一样。或者说，如果我把这枚古罗马硬币带离他们的店，他就能脱离这一切。

我接过袋子，感觉好像我们突然意识到了什么不对劲。我们正站在店里喝着香槟，身上还穿着外套，但没有人愿意脱掉外套或坐下来。我们谁都不知道该说些什么或该做点什么。我们找不到任何解释或解决方案，没一会儿，我就手里拿着那个袋子站在了门外。

菲利普含混地说着我们必须再次见面。明天，他说道。但我必须保留那枚古罗马硬币。

走在外面的街上，我感到一种不真实的感觉。有那么一刻，我敢肯定这是另外的一天，19日或另一个新版本的18日，因为我感觉好像有事情发生了变化。我带着对改变的微弱希望走在阿尔马杰斯特大街上，但我每多迈出一步，就越来越确信这是和之前一模一样的一天。

我想知道为什么我们第一次谈话时菲利普并没有提到购买公寓的事。我找不到解释。我多想相信这是因为我现在身处于另一个完全不同版本的11月18日，但我已经能肯定一切都和以前一模一样。天气就和其他那些11月18

日一样，在街上稍远一点儿的地方，我看到一个女人把一只黑褐色的狗拴在一家商店门前，几分钟后，正当我试图假装对隔壁店橱窗里的展品感兴趣时，那名手里拿着一个绿松石色的袋子的男人出来了，解开狗绳，带着狗离开。

天色开始变得有点儿暗，过了一会儿，路灯和以前一样亮了起来。我肩上挎着包，手里拿着那个装着古罗马硬币的袋子走着，什么也没有发生。一切看起来都和之前一样，但细节似乎少了一些。只有街道、商店、咖啡馆和行人。我以平常的步伐走在平常的街道上。我并没有漂浮在压缩的宇宙中，并没有在精准细节的海洋中游泳，我不知道自己要去向何方。

我失去了拜访菲利普和玛丽的机会，我不能回钱币店了。这并不是一个失败的计划，因为压根就没有计划，但我无法扭转我夜晚的局面。我无法坐在柜台前谈论市场对十八世纪插画作品的巨大需求，无法谈论拍卖以及我的最新发现。我无法讲述爱情，讲述花园里的苹果树，讲述韭葱和瑞士甜菜。我们不能坐下来聊阿尔马杰斯特大街的生活，谈论秋天的政治动荡，谈论对历史的渴望以及对古罗马硬币日益增长的需求。一切都太迟了。我的夜晚是开放的，任何事情都可能发生，我这样想着。然而，什么也没有发生。这就好像我拥挤的宇宙被打开了一个洞，细节渗了出来，只剩下了我的世界的轮廓，剩下简单的事件与寻常的物体。

我在一家之前去过几次的咖啡馆里度过了这个晚上。客人不是很多，我在一张靠窗的桌子旁坐下，一开始我的面前放了一杯咖啡，桌上放着那个装有古罗马硬币的袋子，后来，当各个桌子上开始挤满用餐者时，我意识到我的这张四人餐桌浪费了太多空间，于是我在店最里面找到了一张小桌子。我喝了一杯葡萄酒，坐着看了一会儿报纸，但我之前就读过它，上面写的都是我熟悉的事件。现在里屋也开始挤满了人、盘子、眼镜和餐具。最终，我来到街上闲逛了一会儿，然后朝着酒店方向往回走。

在外面凉爽的空气中，我的呼吸又顺畅了，我迈着平静的步伐穿过夜晚的黑暗。那个装着古罗马硬币的袋子发出轻微的窸窣声，我能听到我在步道上的脚步声，但除此之外，我能听到的只有城市的交通声，我能听到它环绕在我周围，是种背景音。这感觉很空虚，但我能在这种空虚中感到一种释然。在一个熟悉的夜晚，在一张没有很多细节的草图上，在这个缺乏细节、缺乏想象力、缺乏场景、缺乏注意力和凝聚力的情境中，我有一种解脱的感觉。

回到酒店后，我把装着古罗马硬币的袋子放在酒店房间的桌子上，过了一会儿，当我脱掉衣服坐在床上时，我将装着古罗马硬币和所有东西的袋子放在我的旁边，没有把硬币从袋子里拿出来。

我坐在床上，面前放着我的那些纸，感觉好像我的11月18日破了一个洞，好像有了一条出路，但这和我之前想象的那些出路都不一样。我不知道发生了什么，再没有什么别的可做，我能做的只有等待，看看夜晚会带来什么。

11月18日即将过去，一年就这样过去了。我已经准备好了迎接19日。我让这一天的大门一直向前敞开。我跟随着这一天，和它一起漂流到它想去的地方。我让自己随波逐流，现在我在游着，潜入水中。

对塔拉·塞尔特而言，每天早晨醒来，都是重复的一天——她被困在了11月18日，一天又一天，一年又一年……